날마다,
영화

날마다, 영화

할리우드 키드의 시네마 천국

류동현

싱긋

일러두기

- 책명, 영화명, 등장인물명, 지명을 비롯한 일부 외래어 표기는 서지 정보에 따르거나 통상적 표기에 따라 국립국어원 외래어표기법을 따르지 않았다.
- 스타워즈는 우리나라 개봉 당시의 영화명을 가리킬 경우에만 홑화살괄호(〈 〉)로 표기하고 그 밖의 시리즈를 나타낼 때는 작은따옴표(‘ ’)로 구분하여 표기했다.

"영화를 좋아합니다"

"영화를 좋아합니다."

이렇게 이야기하면 "나 또한 그렇다"고 많은 사람이 동의할 것이다. 사실 어렸을 때는 정작 몇 편 보지 않았다. 그럴 환경도 아니었고. 중학생 때 비디오플레이어가 출시되고 대여점이 많아지면서 영화에 점점 빠져든 듯하다. 그래도 이른바 영화에 '미쳐 있다'고 할 정도는 아니었다.

고등학교에 들어가자마자 전학을 간 탓에 적응하는 데 어려움을 겪었고 반항기까지 와서 개인적으로 꽤 '터프한' 시기를 보냈다. 남들이 보기에는 별문제가 아니었을 수도 있다. 아니, 지금 생각해보면 왜 그랬나 싶기도 하다. 뭐, 치밀어오르던 비합리적인 분노와 상실감이 뒤

범벅된 그때 그 시기가 사춘기였겠지. 그 감정의 탈출구로 영화관을 혼자 찾기 시작했다. 영화를 보고 있는 동안에는 현실의 암울함 따위는 잊을 수 있었다. 이때였던 것 같다. 영화에 '미치기' 시작한 것은. 시간이 있을 때마다 틈틈이 영화관을 찾았다. 차츰 분노도 사라지고 적응을 하게 되면서 친구도 새로이 사귀었다. 그리고 그들과 의기투합하여 영화관과 영화를 '순례'하기 시작했다.

고등학교 때 〈인디아나 존스와 최후의 성전〉을 보고 삶의 진로를 정하기도 했고 수많은 영화를 보면서 상상의 세계를 훑었다. 그리고 영화 음악을 찾아 듣고 영화와 관계있는 책을 읽으면서 영감을 받아 현실의 여행을 떠나곤 했다. 이 모든 것은 어두컴컴한 영화관에서 느꼈던 설렘과 '순례'의 연장선이다.

꽤 오랫동안 이런 영화 순례를 나만의 루틴으로 삼으며 살아왔는데, 2020년 초 세계를 뒤덮은 코로나19라는 역병이 영화관을 찾는 삶을 막고 말았다. 2020년 1월 〈스타워즈 : 에피소드9-라이즈 오브 스카이워커〉를 마지막으로 한동안 극장을 찾을 수 없었다. 팬데믹 기간에는 기회가 될 때마다 어렵게 영화관을 찾아다니곤 했는데, 2023년 봄이 되면서 코로나19 시기가 언제였냐는 듯이 일상생활의 제약이 대부분 풀렸다. 다행이다. 이제는 새로이 개봉하는 영화도 많아져 루틴까지는 아니라도 자주 영화관을 찾을 수 있게 되었다(아쉽게도 과거와 같은 영화관의 북적임은 보이지 않지만). 물론 스크린을 통해 보든 TV, 모니터 화면을 통해 보든 영화를 보는 삶에 커다란 변화는 없다. 하지만 극장이라는 하나의 요소가 삐걱대니 아귀가 맞지 않는 듯 불안정한 느낌이 들었다. 습관의 무서움이다.

지금까지 미술과 여행 관련 책을 몇 권 썼는데, 지난 '미술여행 책'을 냈던 교유당의 신정민 대표가 제안을 했다. "미술과 여행뿐 아니라 영화 이야기가 많은데, 아예 영화 이야기를 한번 부담 없이 써보는 것은 어떻겠냐"고. 나로서는 할 이야기가 무궁무진하다. 매우 고마운 제안이었다. 몇 년간 세계를 휩쓴 역병의 팬데믹 시기에 나의 영화 인생을 조용히 되돌아보고 한동안 느낀 불안정한 느낌을 글로 메우는 것도 괜찮은 방법일 듯싶었다.

이 책은 영화에 대한 비평이나 평가를 한 것이 아니다. 영화에 대한 다양한 에피소드, 단상斷想과 함께 이른바 걸작부터 망작까지, 블록버스터부터 예술 영화까지 세상의 수많은 영화와 '나의' 영화 이야기를 풀어낸 것이다. 개성적이거나 독특한 취향이 아닌 가장 일반적인 영화 애호가의 시작부터 지금까지의 자잘한 에피소드를 엮으면서 정말 부담 없이 편안하게 쓴 글이다. 흡사 술자리에서 자기가 본 영화와 관련 이야기를 서로 즐겁게 나누듯이.

찾아보니 지금까지 영화와 관련된 꽤 많은 글을 썼다. 새로 쓴 글 외에 과거의 글을 몇 가지 선별하여 이 책에 맞게 다시 정리했다. 결국 1980년대 말부터 현재까지 한 개인의 영화 연대기를, 영화와 관련된 주변 풍경을 '슬쩍슬쩍' 드러내는 글이 될 것이다. 아주 중요한 정보는 없겠지만 당시의 풍경을 느끼고, 지금의 나를 돌아보고, 다양한 영화를 통해 인생의 '작은' 감상을 느낄 수 있다면 충분하지 않을까 조심스레 기대해본다. 지금까지의 내 삶을 돌아보건대 내 인생을 만든 것은 영화였다. 우주와 역사, 예술과 세상, 그리고 나 자신을 바라보게

한 출발점이 바로 영화였던 것이다. 그래서 감히 이야기한다.

"영화를 좋아합니다."

차례

“포스가 함께하기를……”

어렸을 때 영화를 많이 보던 사람이 아니었다. 초등학생(당시에는 국민학생) 때 부모님과 함께 만화 영화를 보거나 중학생 시절에 친구들과 방학 시즌 블록버스터 영화를 보기 위해 극장을 몇 차례 찾았던 것이 나의 초창기 영화 인생의 전부였다. 이후 고등학교에 입학하여 강남으로 전학을 가면서부터였다. 나의 영화 인생이 본격적으로 시작된 것은. 급작스러운 생활환경 변화와 사춘기 같은 몇몇 요인이 나를 영화관으로 이끌었던 것 같다. 근처에 영화관이 있어 찾기 수월했던 점도 하나의 이유가 될 것이다.

그래도 어렸을 때 본 영화 하나가 머릿속 한편에 깊게 각인되어 남아 있는데, 그 영화는 바로 〈스타워즈〉였다. 초등학생 때였던 것으로 기억한다. 명절 즈음이었다. 지금은 TV를 통해 유명 영화를 손쉽게 볼 수 있지만 1980년대의 서울에서 그런 호사를 누리기란 힘들었다. 개봉 당시 극장에 가서 보거나, 아니면 명절 연휴에 공중파 방송에서 방영해야 볼 수 있었다. 우리나라에서는 '스타워즈'가 여전히 인기가 별로 없지만 전 세계적인 히트작이다보니 명절에 TV에서 방영할 때쯤이면 반복적으로 예고편을 보여주었다. X윙 파이터 편대가 타워에서 끊임없이 발사되는 레이저 포를 뚫고 데스스타의 골짜기로 진입하는 장면이었다. 첫번째 X윙 파이터 편대는 실패하고 루크 스카이워커가 포스만을 믿고 쏜 양자미사일이 데스스타의 작은 통로를 타고 들어가 코어를 타격하여 데스스타 전체가 날아가는 내용의 시작 부분이었다. 물론 예고편이어서 그 이후까지는 보여주지 않고 영화의 장면, 장면을 편집하여 성우들이 웅장한 음성으로 영화를 홍보한다. 흡사 이 영화를 보지 않으면 굉장히 후회할 것이라는 그런 톤으로.

그 예고편의 첫 장면(영화의 첫 장면이 아니다)이 어린 나의 뇌리에 콕 박혔다. 함께 TV를 보던 아버지가 이 영화가 매우 유명하다고 하신 말씀보다는 그 전투기가 우주 기지의 좁은 틈으로 들어가는 사실적인 표현과 폭발적인 속도감에 사로잡혔다. 한순간에 〈스타워즈〉의 팬이 되었다.

이후 극장에서 처음으로 본 '스타워즈'는 1987년 허리우드극장에서 개봉한 〈스타워즈 : 에피소드 6 - 제다이의 귀환〉이었다. 미국에서 1983년에 개봉한 영화가 4년 뒤에 우리나라에서 개봉한 것으로 당시 개봉명은 〈스타워즈 3 제다이〉였다. 지금은 '실버 영화관'이라는 이름으로 명맥을 유지하고 있는 종로 낙원상가 꼭대기의 허리우드극장은 당시 어엿한 개봉관이었는데, 시멘트 계단과 철제 접이식 의자 등 시설이 그렇게 좋은 편은 아니었다. 당시 영화관은 대부분이 그랬다. 어쨌든 아버지를 졸라 온 가족이 영화를 보러 갔다. 여름방학 때였다. 마지막 밀레니엄 팔콘이 건설중이던 새 데스스타를 파괴할 때의 우주 전투신은 놀라웠다. TV가 아닌 거대한 화면으로 보는 우주 전투는 충격을 받을 정도로 너무나 사실적이었다. 정말 멋졌다.

'스타워즈'는 본편이 9편으로 이루어진 거대한 한 편의 신화다. 후에 다스베이더가 되는 아나킨 스카이워커, 다스베이더의 자식들인 루크 스카이워커, 레아 공주 남매, 벤 솔로(한 솔로와 레아 공주의 아들이자 다크사이드의 카일로 렌으로 활약)와 레이 등 스카이워커 가문 3대를 관통하는 스토리가 주를 이룬다. 조지 루커스가 신화학자인 조지프 캠벨의 책에서 영감을 얻고 동서 신화에서 모티프를 따와 이 거대한 신화를 완성했다(비록 에피소드 7, 8, 9는 조지 루커스가 관여하지 않았지만). 프리퀄이라고 불리는 〈스타워즈 : 에피소드 1 - 보이지 않는 위험〉, 〈스타워즈 : 에피소드 2 - 클론의 습격〉, 〈스타워즈 : 에피소드 3 - 시스의 복수〉, 메인인 〈스타워즈 : 에피소드 4 - 새로운 희망〉, 〈스타워즈 : 에피소드 5 - 제국의 역습〉, 〈스타워즈 : 에피소드 6 - 제다이의 귀환〉, 시퀄인 〈스타워즈 : 에피소드 7 - 깨어난 포스〉, 〈스타워즈 : 에피소드 8 - 마지막 제다이〉, 〈스타워즈 : 에피소드 9 - 라이즈 오브 스카이워커〉가 본편 9편이다. 그 밖에도 스핀오프로 〈로그 원 : 스타워즈 스토리〉, 〈한 솔로 : 스타워즈 스토리〉가 제작되었고 꽤 많은 TV 시리즈물로 곁가지를 치고 있다. 거대한 본편의 구성 주위로 나름 광활한 '스타워즈'의 세계가 구축되어 있다.

'스타워즈' 본편의 시리즈는 막을 내렸다. 아슬아슬하게 코로나19 직전인 2019년 겨울에 마지막 9편인 〈스타워즈 : 에피소드 9 - 라이즈 오브 스카이워커〉가 개봉되어 전 세계적으로 큰 인기를 끌었다. 역시나 우리나라에서는 그다지 인기를 끌지는 못했지만. 오히려 최근 디즈니 플러스가 한국에 론칭하면서 방영하는 〈만달로리안〉이나 〈북 오브 보바 펫〉으로 그나마 조금씩 인기를 얻는 듯하다. 이런 드라마로 '스타워즈'의 세계가 확장되고 있는데, 팬인 나로서는 고마울 따름이다.

'스타워즈' 본편에 대한 스페셜 에디션으로 첫 DVD가 나왔을 때 관련 다큐멘터리도 함께 수록되었다. 여기에는 '스타워즈'가 하나의 현상이 된 이유가 분석되어 담겨 있었다. 즉 베트남전쟁이 끝난 직후의 암울한 미국 사회에 이 영화가 새로운 희망을 주면서 사회 분위기가 바뀌었다는 것이다. 게다가 단순히 특정 문화에 대한 이야기가 아닌 희망에 대한 보편성을 띠면서 전 세계적으로 인기를 끌 수 있었다고 진단한다. 내용을 떠나 영화 한 편이 사회 분위기를 바꾸다니 대단한 영화이기는 하다. 과거에 머물러 있는 신화가 아니라 현대적으로 변용하여 오히려 미래적인 형식과 감성으로 버무렸다는 점, 이 상상력을 구체적인 볼거리의 세계로 구축했다는 점에서 '스타워즈'가 나에게 미친 영향은 너무나 크다(아마 내가 계속 글을 쓰는 이유도 이런 상상의 나래를 펼칠 수 있다는 데 있다). 그리고 그 영향력은 여전히 발휘중이다.

마지막으로 한 가지. '스타워즈'에 대해서는 워낙 할 이야기가 많지만 그중 하나를 꼽으라면 9편 중에서 몇 편부터 보아야 하는가다. 영화의 제작 순서와 스토리 순서가 맞지 않기 때문에 발생한 문제다. 개봉순으로 볼 수 있었던 세대에게는 이 질문이 별 의미가 없으나 입문자에게는 꽤 문제일 수도 있겠다는 생각이다.

영화는 세 편씩 끊어서 보면 되는데, 그 순서가 문제다. 프리퀄, 메인, 시퀄의 스토리의 흐름을 좇을 것인가, 영화 제작 순서대로 메인, 프리퀄, 시퀄을 따를 것인가. 냉면을 먹을 때 면을 먹고 달걀을 먹을 것인가, 달걀을 먹고 면을 먹을 것인가의 고민과 비슷하다. 개인적인 생각으로는 처음 본다고 한다면 메인, 프리퀄, 시퀄이 나을 것 같다. 〈스타워즈 : 에피소드 4 – 새로운 희망〉 자체가 한 편으로도 완결성이 강하기 때문에 스토리의 흐름이 아니라면 가장 매력적인 한 편을 먼저 보고 시작하는 것이 낫지 않을까 싶다. 그러고 나서 감히 걸작이라 단언할 수 있을 정도로 탄탄하고 재미있는 〈스타워즈 : 에피소드 5 – 제국의 역습〉을 보면 좋다. 다스베이더의 활동상을 보고 그의 인생이 궁금하면 프리퀄을 보면 되니까('안물안

궁'일 테지만 나는 먼저 면을 먹고 나중에 달걀을 먹는 스타일이다).

“

내가 너의 아버지다!

”

앞에서 다룬 ‘스타워즈’에 대한 이야기를 계속 이어서 하면 ‘유치하지만’ 마음에 와닿는 ‘스타워즈’의 명대사를 살펴보고자 한다. 사실 영화 ‘스타워즈’는 대사로도 유명하다. 특히 루크 스카이워커를 향해 다스베이더가 외쳤던 “내가 너의 아버지다”는 영화 역사상 최고의 대사로 꼽는 데 개인적으로 주저함이 없다(정말 큰 충격으로 다가왔다).

과거 한 무크지 편집팀에서 ‘나만의 리스트’라는 주제로 글을 청탁했다. 개인적으로 ‘나만의 리스트’가 꽤 많은 터라 이런 원고 청탁은 꽤 즐겁다. 영문으로만 출간된 책이라 여기에 좀더 업데이트한 국문 버전으로 새로이 수록한다. 1편부터 9편까지 ‘스타워즈’ 시리즈의 ‘나’만의 명대사 베스트를 모아보았다.

"아니다, 내가 너의 아버지다(No, I am You're Father)."

- 다스베이더, 〈스타워즈 : 에피소드 5 - 제국의 역습〉 중에서

영화 역사상 가장 충격적인 대사를 꼽으라면 바로 이 대사가 아닐까. 맞서 싸우던 루크 스카이워커에게 던진 다스베이더의 이 한마디가 '스타워즈'를 보던 모든 관객을 충격에 휩싸이게 만들었다. 불굴의 정신력으로 대결하던 루크 스카이워커가 모든 것을 포기한 듯 손을 놓아버리고 떨어진 것이 이해가 갈 정도의 충격과 파장의 한마디였다!

"사랑해요(I Love You)."

"알고 있소(I Know)."

- 레아 공주와 한 솔로, 〈스타워즈 : 에피소드 5 - 제국의 역습〉 중에서

레아 공주의 대사 다음에 이어지는 한 솔로의 원래 대사는 "I love you, too"였다. 그러나 건달 캐릭터와는 어울리지 않는다고 생각한 해리슨 포드가 감독인 어빈 커슈너와 상의하여 대사를 바꾸었다. '스타워즈' 역대

대사 중 다스베이더의 대사와 맞먹을 정도로 최고의 대사다!

"포스가 너와 함께할 것이다…… 영원히(Force will be with you... always)."

- 오비완 케노비, 〈스타워즈 : 에피소드 4 - 새로운 희망〉 중에서

오비완 케노비의 목소리가 X윙 전투기를 모는 루크 스카이워커에게 들린다. "우리 주변의 '포스'를 이용하라. 항상 옆에 있을지니……." 이제 '포스'는 하나의 고유명사라고 생각할 정도.

"알았어요, 한번 해볼게요(All right, I'll give it a try)."
"아니야. 해보려고 하지 마라. 하거나 하지 않는 거야. 해본다는 말은 필요 없다(No! Try not. Do. Or do not. There is no try)."

- 루크 스카이워커와 마스터 요다,
〈스타워즈 : 에피소드 5 - 제국의 역습〉 중에서

영화 속 마스터 요다의 한마디 한마디는 아포리즘의

극치다. 이 대사 또한 현실을 살아가는 우리에게도 매우 필요한 잠언이 아닌가.

"포스가 그대와 함께하기를(May the Force be with You)."

-도도나 장군, 한 솔로 외 다수, '스타워즈' 전편에 걸쳐 등장

"포스가 그대와 함께하기를!" 어떤 인사가 더 필요한가!

"건달? 건달? 이거 어감이 좋구먼. 무엇이 두려운 거요? 떨고 있군요. 당신은 내가 건달이라서 좋은 거요. 당신 인생에 건달이 거의 없었기 때문이지(Scoundrel? Scoundrel? I like the sound of that. What are you afraid of? You're trembling. You like me because I'm a scoundrel. There aren't enough scoundrels in your life)."

- 한 솔로, 〈스타워즈 : 에피소드 5 - 제국의 역습〉 중에서

정말 레아 공주 주변에는 이런 부류의 '건달'이 거의

없었다. 그러나 대부분의 여성 주변에도 이런 부류의 매력적인 건달은 거의 없다. 아쉽게도 말이다.

"죽는 건 두렵지 않아. 네가 내 삶에 들어온 이후로는. 사랑해(I'm not afraid to die. I've been dying a little bit each day since you came back into my life. I love you)."

– 파드메 아미달라, 〈스타워즈 : 에피소드 2 – 클론의 습격〉 중에서

인생이란 자고로 태어나면서 죽음을 향해 가는 것 아니겠는가. 두쿠 백작에게 붙잡힌 오비완 케노비를 구하기 위해 찾아간 적진에서 아나킨 스카이워커와 파드메 아미달라도 잡히고 만다. 죽음을 기다릴 때 파드메 아미달라는 아나킨 스카이워커에게 이렇게 말한다. 그렇다. '열심히' 사랑하며 살자!

"두려움은 포스의 어두운 면이고…… 두려움은 분노를, 분노는 증오를…… 증오는 고통을 낳지. 네겐 그 두려움이 많구나(Fear is the path to the dark side. Fear leads to anger. Anger leads to hate. Hate leads to suffering. I sense much fear in you).”

- 마스터 요다, 〈스타워즈 : 에피소드 1 - 보이지 않는 위험〉 중에서

마스터 요다의 또다른 명언. 어린 아나킨 스카이워커를 제다이 사원에서 처음 만난 후 이렇게 말한다. “공포는 화를 부르고, 화는 미움을 부르고, 미움은 고통을 낳는다.” 인생을 살아가는 데 마음의 평정심이 중요하다. 항상 조심하자.

“미래를 느끼면 각별히 조심해, 아나킨. 어둠의 유혹에 빠지지 않도록. 죽음은 삶의 일부란다(Careful you must be when sensing the future Anakin. The fear of loss is a path to the dark side. Death is a natural part of life).”

- 마스터 요다, 〈스타워즈 : 에피소드 3 - 시스의 복수〉 중에서

슬슬 다크사이드의 유혹에 빠지는 아나킨 스카이워커가 파드메 아미달라의 죽음에 대한 악몽을 꾸고 마스터 요다를 만나 조언을 구한다. 이를 막겠다는 아나킨 스카이워커에게 요다는 죽음은 삶의 일부고 자연스러운

포스의 섭리이기에 비통해하거나 그리워하지 말라고 조언한다. '죽음은 인생의 자연스런 부분이다'라는 점을 명심하고 멋진 인생을 살고자 노력하자.

"숫자 놀음 그만해(Never tell me the odds)!"

- 한 솔로, 〈스타워즈 : 에피소드 5 - 제국의 역습〉 중에서

제국군 디스트로이어호에 쫓기던 한 솔로 일행은 광속 진입에 실패하자 소혹성 지대로 숨어들어가려고 한다. 이때 시스리피오가 소혹성 지대를 사고 없이 통과할 확률이 3720대 1이라고 하자 한 솔로가 확률 이야기는 하지 말라고 하면서 그대로 진입한다. 결국 확률을 이긴 인간의 능력이라고나 할까(물론 영화라서 가능하다). 내용도 재미있었지만 그 당시 사실적인 컴퓨터 그래픽으로 놀라움을 안긴 장면이다. 이 대사는 '스타워즈' 굿즈에도 종종 등장하는데, 내가 갖고 있는 한 솔로 스냅백 모자에도 이 문구가 쓰여 있다.

"알았어. 이해해. 좋아. 루크가 돌아오면 난 떠나도록 하지(All right. I understand. Fine. When he comes back, I won't get in the way)."

"오, 아니에요. 결코 그럴 일은 없어요. 루크는 내 동생이에요(Oh. No, it's not like that at all. He's my brother)."

– 한 솔로와 레아 공주, 〈스타워즈 : 에피소드 6 – 제다이의 귀환〉 중에서

레아 공주의 동생이 바로 루크 스카이워커였다! 다스베이더의 '아버지' 대사 이후 등장한 이 대사는 어찌 보면 우리나라 막장 드라마와도 마구 연결이 되는 느낌이다.

"불길한 예감이 드는데(I got a bad feeling about this)."

– 루크 스카이워커, 한 솔로, 레아 공주 외 다수,

'스타워즈' 전 시리즈에 걸쳐 등장

"불길한 예감이 드는데"는 '스타워즈' 영화를 통틀어 가장 많이 나온 대사일 듯싶다. 이 대사는 영화에서 주로 한 솔로가 말한 것으로 기억하는데, 사실 처음 말한 인물은 루크 스카이워커다. 〈스타워즈 : 에피소드 4 – 새

로운 희망〉에서 데스스타에 근접했을 때 한 대사다. 이후 데스스타 쓰레기처리장에 뛰어들기 전에 한 솔로가 하면서 유명해졌다. 이후로도 레아 공주, 오비완 케노비 등 많은 등장인물이 이 말을 했다. 심지어 '인디아나 존스' 영화에도 나온다(한 솔로 역과 인디아나 존스 역은 모두 해리슨 포드가 맡았다). 본편에서 마지막으로 이 말을 한 인물은 〈스타워즈 : 에피소드 9 - 라이징 오브 스카이워커〉에 등장한 랜도 칼리시안이었다.

> "서로가 있었으니까. 그 힘으로 이겼지(We had each other. That's how we won)."
>
> - 랜도 칼리시안,
>
> 〈스타워즈 : 에피소드 9 - 라이즈 오브 스카이워커〉 중에서

레아 공주가 죽은 후 시신 앞을 지키던 포 대머론 앞에 랜도 칼리시안이 다가온다. 포 대머론이 어떻게 과거에 제국을 이겼냐고 묻자 랜도 칼리시안은 이렇게 말한다. 서로가 있었다고. 연대의 거대한 힘을 보여주는 임팩트 있는 한마디다.

어쩌다 인디아나 존스,
고고학을 공부하다

어렸을 때 누구나 한 번쯤 장차 어떤 사람이 되고 싶다는 꿈을 꾸었을 것이다. 하지만 구체적으로 '경제를 공부해서 주식에 투자해 돈을 벌 거야!' 또는 '집을 수십 채 가지고 있는 부동산업자가 되어 갑부가 될 거야!'라는 생각을 하기는 어려울 것이다. 대개 '부자가 될 거야' '우주비행사가 될 거야' 정도로 두루뭉술하게 꿈을 꾸는 경우가 많을 터다. 나 또한 어릴 적 꿈은 천문학자였다. 칼 세이건의 『코스모스』를 읽고(어려운 부분은 건너뛰고 화성 부분이나 우주를 탐사하는 과정, 생명체에 관한 부분에 흥미를 느꼈다) 우주의 수수께끼를 풀어보고 싶었다. 작은 천체망원경을 들고 친구와 놀이터 급수대 건물 위에 올라 별을 보는 것으로 천문학자의 꿈을 키웠다(어찌 보면 폼만 잡은 것일 수도).

고등학교에 진학할 때까지 '천문학자'에 대한 나의 꿈은 계속되었다. 그러다가 1학년 초반에 전학을 가게 되었다. 아버지 회사가 지역을 옮기면서 이사를 가게 된 것인데, 때마침 사춘기도 왔던 것 같다. 전학에 사춘기까지 겪으면서 세상에 불만이 많았는데, 이를 해소해준 곳이 영화관이었다. 다행이라면 이사온 곳 근처에 영화관이 꽤 있었다. 이때부터 나의 영화 인생이 시작되었다. 그러던 중 여름방학이 되면서 천문학자의 꿈을 단 한 편의 영화가 바꾸어버렸다. 씨네하우스에서 본 〈인디아나 존스와 최후의 성전〉이었다.

'인디아나 존스'에 대한 이야기가 아마 영화와 관련하여 글을 쓰는 이 책의 시발점일 것이다. 영화를 보고 내 인생의 목표를 결정해버리는 어마어마한 행동을 저질렀으니. 어쨌든 영화를 보고 충격을 받았다고 하는 편이 맞을 것이다. '전 세계를 여행하면서 고대 유적지를 발굴하고, 사막을 횡단하며, 밀림을 탐험하고…… 우리의 과거와 역사에 대한 수수께끼를 푼다.' 갑자기 우주의 신비를 푸는 일이 너무나 '거대하게' 느껴졌다(남들은 사소하게 느껴져서 어떤 인생의 길을 바꾸는데, 나는 정반대였다). 칼 세이건의 『코스모스』를 읽어보면 드레이크 방정식이라는 수식이 나온다. 잘은 모르지만 이 방정식은 똑똑한 지적 생명체가 살 수 있는 행성이 어느 정도인지를 계산하는 수식이다. 오차가 있지만 대략 계산해보면 수백만에서 수천만이 나올 수 있다고 한다. 이렇게 거대한 숫자가 나에게는 어떤 의미가 있을까 생각했는데, '인디아나 존스'를 보고 '이렇게 희박한 확률 속에서 이 지구라는 행성에서 태어났고, 다행히 지적인 생각을 할 수 있는 약 80억 명의 사람 중 한 명으로 태어났다면, 우리가 살고 있는 지구를 한번 알아보는 것이 먼저 해야 할 일이 아닐까'라는 지극히 개인적인 생각이 들었다.

어쨌든 고등학교 1학년 때 툴툴거리면서 별생각 없이 영화관에 갔다가 본 이 영화로 인해 내 인생이 바뀌었다. 극장에서 열 번은 봤던 것 같다. 주말에는 두 번씩 보기도 했다. 영화가 끝나고 논현동에서 집까지 터덜터덜 걸어오면서 세상에 대한 호기심이 생겼다. 그때부터 역사와 고고학 책을 많이 읽었다. 이 지구상에도 너무나 많은 수수께끼가 숨어 있었다. 동굴에서 들려오는 C. W. 체람의 '낭만적인 고고학 산책'이나 미국 '내셔널지오그래픽'을 짜깁기하여 3권으로 출간한 탐험, 고고학과 관련된 『미지에의 도전』을 읽으면서 고고학자의 꿈을 키웠다(아마 이 책은 당시 별문제가 되지 않던 저작권 때문에 가능했을 것이다). 생각해보면 한 분야를 깊이 파는 것보다 이런 수수께끼의 공간을 찾아가고 싶은 생각이 더 강했던 듯도 하다. 그래서 결국 학자가 되는 길보다는 예술과 역사, 장소에 대한 글을 쓰는 길을 택했다.

2008년 〈인디아나 존스와 크리스탈 해골의 왕국〉이 개봉할 즈음 『인디아나 존스와 고고학』을 썼다. '인디아나 존스'에 등장하는 성궤나 성배 등 현재 발견되지 않은 유물에 대한 이야기와 함께 영화와 관련된 '팬심'을 정리한 책이었다. 이 책 첫머리에 고고학을 공부하게 된 이유가 '인디아나 존스' 때문이었다고 이른바 '커밍아웃'을 했다. 사실 처음 고고미술사학과에 들어갔을 때 "'인디아나 존스'를 보고 이 과를 온 사람이 없길 바란다"는 교수님의 말을 듣고 과에서 '인디아나 존스'는 일종의 금기어가 되었다. 그래도 요즘 학계에 있는 전공자 중에서 고고미술사학을 전공하게 된 계기가 '인디아나 존스'였다는 말을 심심치 않게 듣는다. 이제는 이런 '커밍아웃'이 부끄럽지 않은, 나도 뒤늦게 '묻어갈' 수 있는 시대가 되었다. 시대가 변했음을 느낀다. 물론 정식 고고학은 '인디아나 존스'의 세계와는 다르다. 모험과 액션은 거의 없고(여행은 가능할 수 있다) 현장 발굴과 연구실에서의 연구가 주 업무다(육체노동의 강도는 높지만).

'인디아나 존스' 같은 영화의 세계와는 다르지만 고고학이라는 학문의 세계 또한 꽤 매력적이다. 유물, 유적을 통해 과거의 세계를 복원하고 새롭게 생명력을 불어넣는 것이니까.

대학생 때 발굴단원으로 참여한 적이 있다. 대학 박물관에서 아르바이트를 했는데, 미사리 발굴을 진행한 것이다. '초기 철기시대 농경지 유적'을 확인하기 위한 발굴로 기억한다. 몇 개의 대학이 연합하여 진행한 발굴 중에서 한 사이트를 맡아 거의 매주 발굴장에 가서 발굴 진행을 도왔다. 과거 집이 있던 흔적을 모종삽(트라울이라고 한다)으로 파내려가면서 흙을 한 층씩 조심스레 벗겨나가는데, 마제 석검 조각이 내 눈앞에 나타났다. 과거 집이 흙에 묻히고 수천 년이 지나서 처음으로 드러나게 된 것이다! 물론 고고학적인 커다란 발굴에 비하면 작은 에피소드이겠지만 개인적으로는 정말 큰 감명을 받았다. 수천 년의 시간 속으로 타임슬립을 하는 느낌. 문자 그대로 그런 느낌이었다. 이후 여행을 갈 때 과거의 유적에 가만히 손을 대본다. 진짜 신기하게도 그 오래된 시간 속으로 들어가는 느낌이 든다. 이집트 피라미드부터 그리스의 델포이 신전까지. 비록 드레이크 방정식으로는 일개 하나의 행성에 불과하지만 이런 경험을 통해 영겁의 시간을 경험한 지구의 역사 속에 작게나마 한자리를 차지하고 있다는 확실한 존재감을 느끼게 된다. 고고학은 나에게 그런 의미로 다가온다. 지구와 사람과 시간의 관계 속에서 모든 생명체는 의미가 있다는 그런 의미.

내가 본 '인디아나 존스' 시리즈 3편 〈인디아나 존스와 최후의 성전〉은 인디아나 존스가 미국의 갑부 도너번의 부탁으로 그리스도가 최후의 만찬에서 썼던 술잔, 성배를 찾기 위해 베네치아, 베를린, 중동 지역을 아버지와 돌아다니면서 모험을 겪는 내용을 담고 있다.

1편 〈레이더스〉(원제는 '잃어버린 성궤의 추적자Raiders of the lost Ark'인데, 이후 제작사가 인디아나 존스 시리즈로 통일하면서 '인디아나 존스와 잃어버린 성궤의 추적자'로 변경되었다)는 모세의 구약성서를 보관했던 성궤를 찾기 위해 네팔, 이집트를 탐험, 발굴하고 2편 〈인디아나 존스와 마궁의 사원〉은 상하이에서 탈출하면서 우연히 도착한 인도의 한 마을에 보관되었던 신비한 돌, 상카라 스톤을 찾는 과정을 그렸다. 3편이 나온 지 19년 뒤인 2008년에 개봉한 4편 〈인디아나 존스와 크리스탈 해골의 왕국〉에서는 마야의 수정 해골 유물을 외계 생명체와 연결하여 스토리를 구성했다(스케일이 칼 세이건적的으로 커졌다). 고고학이라는 학문으로 해결되지 않는 오컬트적인 역사 속 유물 찾기(결국 트레저 헌팅)와 모험이 잘 어우러져 고전적이면서도 새로운 B급 성격의 흥미로운 모험 활극을 만들어냈다.

인디아나 존스 캐릭터를 논할 때 빼놓지 않는 것이 몇 가지 있는데, 바로 인디아나 존스임을 알려주는 페도라, 재킷, 채찍, 가방 등이다(실루엣으로도 인디아나 존스임을 알 수 있다). 특히 페도라의 경우에는 3편 첫머리에서 왜 그가 그 모자를 쓰고 다니는지를 설명한다. 도굴꾼의 우두머리가 인디아나 존스에게 씌어준 모자가 일종의 트레이드마크가 된 것이다. 개인적으로 모자를 좋아하는 터라 인디아나 존스의 모자에 눈길이 갔다. 그리고 그 모자를 구하고자 꽤 공을 들였다. 여행 가는 곳에서 비슷한 페도라가 있으면 구입하거나 해외에 가는 지인 찬스를 여러 번 이용하기도 했다. 그러다가 영국에 6개월 정도 있을 때였다. 영화에 나왔던 인디아나 존스의 페도라와 재킷을 파는 상점이 모두 영국에 있다는 정보를 입수했다.

'인디아나 존스' 관련 다큐멘터리에서 감독인 스티븐 스필버그와 의상 디자이너인 데버라 나둘먼이 이 모자에 대해 언급하는 것을 보았다. 1889년부터 모자를 제작한 허버트 존슨의 '포엣 햇Poet hat'을 바탕으로 인디아나 존스의 페도라를 제작했다고 말이다. 이 페도라를 파는 곳은 런던의 리츠 호텔(영화 〈노팅힐〉에 나오는 그곳!) 근처 스웨인 애드니 브리그라는 상점이다(지금은 로열 아카데미 근처 새빌 로로 옮겼는데, 원래 새빌 로가 본거지다). 1750년부터 가방, 우산, 모자, 사냥용품(채찍 등) 따위를 파는 이른바 노포老鋪로 진열장에는 인디아나 존스가 썼던 오리지널 페도라가 전시되어 있었다! 맞는 사이즈가 없어서 틈틈이 들렀는데, 꽤 시간이 흐른 뒤에 구할 수 있었다(크라운이 높은 오스트레일리아식 모델이라 내가 쓰면 요리사 모자 같다는 점은 비밀).

〈인디아나 존스와 최후의 성전〉에 등장했던 재킷을 가죽 의류업자 피터 보트라이트가 제작했다는 정보도 입수했는데, 상점은 런던 인근 켄트 지역에 위치해 있었다. 웨스티드 레더라는 상점을 찾아가는 길은 꽤 재미있었다. 빅토리아역에서 서너 정거장을 가면 나오는 스완리 지역에 있었는데, 역에서 1시간을 걸어 숲속에 있는 창고형 상점을 겨우 찾았다. 힘들기는 했지만 인디아나 존스 재킷을 봤을 때는 나름 감동이 밀려왔다고나 할까. 지금은 세상을 떠났지만 내가 갔을 때는 피터 보트라이트를 직접 만날 수 있었다. 한국에서 왔다고 하니 일본에서는 몇 명이 찾아왔는데, 한국에서는 내가 처음 찾아왔다고 한다. 기념사진도 찍고 역까지 태워주기까지 했다(차를 타고 가니 10분 만에 역에 도착). 즐거운 경험이었다.

1989년 인디아나 존스 3편을 개봉하고 19년이 지나서 4편이 나와 말이 많았는데, 이후 또다시 14년이 흐른 뒤 5편이 지금 촬영중이다. 여든 살의 해리슨 포드가 다시 인디아나 존스를 연기한다고 할 때 많은 팬이 걱정을 했다. 그들이 품고 있던 모험과 액션에 대한 환상을 다 깨버리는 것이 아니냐고. 나 역시 그런 걱정이 없는 것은 아니지만 그래도 리부트가 아닌 '원조' 인디아나 존스가 계속 '인디아나 존스'로 남아주기를 바라는 마음이 더 크다. 제임스 본드가 시간이 흘러 배우들이 바뀌는 것이 당연하다면 인디아나 존스는 영원히 해리슨 포드 그 자체니까 말이다. 고고학과 관련된 모험 영화라 그런가, 역사와 사람이 가장 중요하다.

“

인디아나 존스에 관한 소소한 진실

”

‘인디아나 존스’ 영화에는 등장하지 않았지만 주인공 인디아나 존스는 지금까지의 모험 ‘성궤의 추적자’, ‘마궁의 사원’, ‘최후의 성전’, ‘크리스탈 해골의 왕국’에 관한 정보를 다이어리에 기록해왔다. 그리고 인디아나 존스가 쓴 정보를 종합한 책이 출간되었다(『인디아나 존스의 잃어버린 저널』이라는 제목이다!). 영화적 허구 내용을 실제 사실처럼 정리한 책이다. 나름 실제 학문적 성과처럼 흥미진진하다. 물론 사실은 아니지만. 여기에 소개된 곳 중 몇 군데를 직접 찾아가 보았다. ‘인디아나 존스’에 관한 소소한 허구와 진실!

인디아나 존스와 베네치아의 진실

〈인디아나 존스와 최후의 성전〉 중에서 : 인디아나

존스는 아버지 헨리 존스가 납치당한 베네치아의 오래된 도서관으로 향한다. 마커스 브로디와 아버지의 연구 파트너 엘사 슈나이더 박사도 동행한다. 도서관의 이름은 'BIBLIOTECA di S.BARNABA.' 'Biblioteca'는 이탈리아어로 도서관이라는 뜻이다.

하지만 이곳은 도서관이 아니라 산바르나바성당이다. 809년 아도르니Adorni 가문에서 세웠고 1105년 화재로 소실되어 다시 재건되었다. 1350년 프란체스코 모치엔세Francesco Mociense와 아그넬리노 수덴세Agnellino Sudense 두 명의 주교가 봉헌했으며 1776년 로렌초 보케티Lorenzo Bochetti가 완전히 리노베이션했다. 2010년 베네치아를 찾은 김에 이 성당을 찾았다. 인디아나 존스가 바포(베네치아 대운하를 운행하는 배 버스)에서 내려 엘사 슈나이더를 만난 후 도서관으로 찾아가는 길을 따라갔다. 지금 성당은 전시장으로 이용중이다. 광장 옆 카페의 카푸치노도 매우 맛있다는 기억도 새록새록 떠오른다.

인디아나 존스와 초승달 계곡 속 성배 사원의 진실

〈인디아나 존스와 최후의 성전〉 중에서 : 멀리 보이는 초승달 계곡. 협곡을 달려 인디아나 존스와 일행은 그

계곡에서 비밀이 숨겨져 있는 성배 사원을 발견한다. 이미 그곳에는 독일 나치의 군인들이 점거하고 있다. 그리고 그들 앞에는 성배를 지키기 위한 부비트랩이 작동하고 있다.

지금 매우 유명해진 이곳은 요르단의 페트라다. 그중 널리 알려진 알카즈네를 영화의 성배 사원으로 사용했다. 페트라는 요르단의 사막 한가운데에 자리잡은 도시로 알렉산드리아와 시리아로 가는 무역로와 향료길의 교차로였다. 이 지역에 살던 나바테아인이 무역을 관장하면서 수도로 삼은 때는 기원전 312년이다. 페트라라는 이름은 그리스어에서 유래했는데, 바위라는 뜻이다. 과거 이 지역에 살던 나바테아인은 이 도시를 레켐이라 불렀고, 로마는 속주 팔레스티나 테르티아의 수도로 삼았으며, 비잔틴인은 주교구의 수도로 사용한 역사의 흐름이 녹아 있다. 가장 유명한 장소인 페트라의 알카즈네는 높이 43미터, 폭 30미터 크기의 외관을 자랑하는데, 100년에서 500년 사이에 만들어졌고 무덤이나 신전이었을 것으로 추측된다.

2009년 3월 무작정 요르단에 발을 들이고 사막의 밤을 달려 페트라에 기어이 입성하고야 말았다. 그리고 직접 본 알카즈네는 신비로웠지만 솔직히 썰렁했다(안쪽으로 좁은 통로는 물론 없다)!

인디아나 존스와 크리스탈 해골의 비밀

〈인디아나 존스와 크리스탈 해골의 왕국〉 중에서 : 이 영화의 주 유물은 바로 '크리스탈 해골'이다. 남아메리카에서 발견된 크리스탈 해골의 비밀을 인디아나 존스와 그의 아들 머트 윌리엄스가 추적한다. 결국 이 크리스탈 해골은 외계 생명체의 유물이었다!

하지만 크리스탈 해골 자체가 사기라고 하니……. 쩝! 2007년 겨울 상암동 CGV에서 오파츠 전시가 열렸다. 아마 '인디아나 존스' 영화에 대한 내용이 알려져 전시를 하지 않았을까 하는 생각이 든다. 전시 제목은 〈세계 미스터리 유물전〉. 그곳을 꾸역꾸역 찾아갔다. 급조한 티가 났으나 외국 학자라는 사람이 강의까지 하고 있었다. 크리스탈 해골 스토리는 다음과 같다.

크리스탈 해골은 말 그대로 수정으로 만들어진 해골 모양의 조각인데, 그중 가장 '완벽하다'고 할 수 있는 몇 개가 멕시코와 중앙아메리카, 남아메리카 지역에서 발견되었다. 일부에서는 이 유물을 오파츠OOPARTS(Out-of-Place Artifacts)로 분류한다. 오파츠란 고고학이나 고생물학 등에서 그 시대에 나타날 수 없는 인공적인 유물을 가리킨다. 이를테면 선사시대 유적에서 '스타워즈'에나 나올 법한 우주선 장난감이 나왔다고 이해하면 된다.

일단 크리스탈 해골은 약 5000년에서 3만 5000년 전 사이에 만들어진 것으로 추정되는데, 역사학자들과 사회인류학자들은 이 이상한 해골을 연구하면서 고대 마야 전설에 '죽음의 여신의 13개의 크리스탈 해골' 이야기가 있다는 것을 알게 되었다. 이 해골들은 이교도 승려와 특수전사의 엄격한 통제 아래 각각 보관되고 있는데, 후에 이 13개의 해골이 모이면 엄청난 힘을 얻을 뿐 아니라 인류를 구원하고 고대 마야문명이 부활할 것이라는 내용이다.

그러나 외국 고고학계는 이 크리스탈 해골이 가짜라고 인디아나 존스 4편이 개봉한 직후 주장했다. 제작자 측에게는 염장을 지르는 행위였다. 물론 여전히 논란중이다. 아마도 진실은 저 너머에 있지 않을까('갑분싸' 〈X 파일〉 분위기다)?

그 시절의 멀티플렉스 극장

2021년 종로3가에 위치한 서울극장이 문을 닫았다. 대형 멀티플렉스 프랜차이즈가 아닌, 우리나라 영화 중심지로서 명맥을 유지하던 마지막 극장이 폐관했다는 소식에 씁쓸함을 느꼈다. 자생을 위해 변화하고 고군분투했지만 대형 멀티플렉스 프랜차이즈가 아닌 독립극장의 열악한 상황과 2019년 말에 발생한 코로나19가 치명타가 되어 우리 영화의 일부분이 역사의 뒤안길로 사라진 것이다. 참으로 혼돈의 시대다. 한때 즐겨 찾는 곳이었지만 최근에는 시설 좋은 멀티플렉스 프랜차이즈에서 대부분의 영화를 보던 터라 후회와 반성을 해본다.

이제는 CGV나 메가박스, 롯데시네마로 대표되는 멀티플렉스 극장이 전국 곳곳에서 영화를 상영하고 있다. 이런 멀티플렉스 극장은 다양한 영화를 상영하지만 하나의 인기 영화를 여러 상영관에서 상영하여 시간 선택의 폭이 넓다. 시대 변화의 흐름을 따라잡고 수용하는 것이 결국은 세상에서 살아남는 길임을 서울극장의 폐관과 함께 다시금 마음에 새긴다.

멀티플렉스 극장이 개관되기 전에는 단관 상영이 일반적이었다. 즉 처음 개봉관에서 한동안 상영한 후 재개봉관으로 넘어가는 시스템이었다(재개봉관에서는 몇 편의 영화를 동시 상영했다). 1980년대에서 1990년대에는 극장 광고가 신문 하단을 차지했는데, 이것을 보는 재미가 꽤 쏠쏠했다. 단순히 영화 포스터로 광고하는 것이 아니었다. 인기 영화의 경우 극장 앞에서 표를 사려는 사람들의 행렬을 사진으로 찍어 광고로 활용했다. 이 영화 예매 줄의 길이가 흥행의 척도였다. 특히 방학 때 대한극장은 긴 줄 광고를 즐겨 했다. 뱀이 똬리를 틀 듯 표를 사기 위해 극장 앞에서 구불구불 긴 줄을 선 사람들의 사진을 보면 그해 여름 시즌의 인기 영화를 보고 싶다는 욕구가 생겼다. 1987년 〈백 투 더 퓨쳐〉를 비롯하여 〈피라미드의 공포〉, 〈마지막 황제〉, 〈남부군〉 등 방학 때는 주로 대한극장에서 영화를 보았다. 단성사의 〈다이하드〉, 〈장군의 아들〉 등도 단관극장 상영으로 큰 인기를 끌었고 그 흥행의 흐름에 나 역시 동참했다.

단관 개봉관 시스템은 그 영화를 보려면 아무리 멀어도 개봉극장으로 가야 한다는 단점이 있었다. 지금이야 이것도 하나의 추억이 되었지만 당시에는 사실 표를 사고자 멀리 있는 극장까지 가서 아침부터 줄을 서는 상황이 달갑지만은 않았다. 대한극장에서 상영한 〈남부군〉의 표를 사기 위해 아침 7시부터 줄을 섰는데, 그날 상영의 첫번째 표 구매자가 되기도 했다(뭔가 요즘 명품 때문에 백화점 앞에서 기다리는 느낌이기도 하다). 그러다가 다수의 영화를 개봉, 상영하는 멀티플렉스 극장의 등장은 가히 혁명적이었다.

우리나라 최초의 멀티플렉스 극장은 1979년에 개관한 서울극장이지만 개인적으로 처음 접한 멀티플렉스 극장은 논현동에 위치한 씨네하우스였다. 강북에서 한강 남쪽으로 이사를 가면서 강남에 있는 극장에 가기가 훨씬 수월해졌다는 점이 내가 극장으로 향한 큰 이유 중 하나였다. 씨네하우스는 처음에는 앞의 건물에 몇 개의 상영관이 있었는데, 시간이 조금 지난 후에는 그 뒤에 있는 건물까지 확장하여 꽤 많은 상영관의 집합체가 되었다.

그 시절에는 영화 시간표를 인터넷으로 확인할 수

없었으므로 신문 하단에 있는 영화 광고를 보고 확인하거나 전화를 해야 했다. 이런 멀티플렉스 영화 시스템에 조금 익숙해진 다음에는 무작정 극장으로 찾아가 극장 앞에서 상영 영화를 확인하고 시간에 맞춰 관람했다. 어쨌든 극장에는 개봉하고 상영하는 영화들이 계속 있었기에 가능한 시스템이었다. 그리고 그때 감동적인 영화 한 편을 우연히 만났다. 〈헨리 5세〉였다.

친구와 무슨 영화를 볼지 별생각 없이 씨네하우스를 찾았다. 친구의 생일에 맞춰 휴일에 영화를 보러 가자고 했던 것 같다. 1992년 이른 봄이었다. 극장에서는 여러 영화를 상영하고 있었다. 그중 시간에 맞는 영화 중에서 〈헨리 5세〉가 눈에 띄었다. "뭐 볼 것도 없는 것 같은데, 저 영화를 보자." 단순한 의기투합으로 〈헨리 5세〉 상영관으로 들어갔다.

영국의 왕 헨리 5세가 젊은 시절을 방탕하게 보내다가 정신차리고 국왕의 자리에 올라 힘을 키워 프랑스를 물리친 내용인데, 셰익스피어의 희곡이 원작이다. 케네스 브래나가 감독과 주연을 맡았다. 지금은 귀족인 '경'의 칭호를 받을 정도로 위상이 높은 감독이자 배우지만 이 영화는 감독으로서 그의 처녀작이었다. 물론 영국에서는 로런스 올리비에의 계보를 잇는다는 평가를 받았고 셰익스피어 연극계에서는 이미 인정을 받은 배우였다. 아마 그래서 가장 자신 있는 분야를 영화로 옮긴 것이겠지만. 배우들의 연기도 좋았고 내용도 재미있었다. 마지막에는 〈다크 나이트〉로 유명한 크리스천 베일이 등장하여 첫머리를 부르는 노래 〈논 노비스 도미네〉 또한 일품이었다. 〈헨리 5세〉의 음악은 패트릭 도일이 맡았는데, 이후에도 케네스 브래나와 콤비를 이루어 많은 영화 음악을 담당했다.

별 기대 없이 본 영화 중 이렇게 재미있는 영화가 있다니! 멀티플렉스 극장의 미덕이다. 이후로도 시간이 나면 무작정 극장으로 가서 시간대가 맞는 영화를 곧잘 보았다. 물론 성공한 영화도 있었고 실망한 영화도 있었다. 그러나 이런 영화 보기도 즐거웠다.

케네스 브래나의 영화는 이후 웬만하면 찾아보는 주요 목록에 올랐다. 1989년 작 〈헨리 5세〉가 좋은 평가를 받아서인지 곧바로 1991년 작 〈환생〉이 개봉했다. 영화 배경 중 현재는 컬러, 과거는 흑백을 교차하여 편집한 방식이 멋있었다. 스릴러 내용도 흥미진진했고.

케네스 브래나는 종종 셰익스피어의 희곡을 영화

로 제작했는데, 그중 개인적으로 가장 좋아하는 영화는 1993년 작 〈헛소동〉이다. 케네스 브래나의 영화도 국내에서 흥행이 된다는 생각이 들어서였는지 배급사가 해외 개봉 시기와 차이 없이 곧바로 1993년에 개봉했다. 이탈리아를 배경으로 한 연인들의 사랑과 음모를 내용으로 한 셰익스피어의 유쾌한 희곡을 영화화했는데, 당시 최고 인기 배우들을 한자리에 모아 주목을 끌었다(그러고 보니 자신이 에르퀼 푸아로 역을 맡아 최근 제작한 〈오리엔트 특급 살인사건〉이나 〈나일강 살인사건〉에도 인기 있는 배우들이 많이 등장한다). 패트릭 도일의 음악도 매우 멋지다. 배경인 이탈리아 지방의 저택이 너무 멋있어서 나중에 결국 찾아가 보았다. 특히 〈헨리 5세〉, 〈환생〉, 〈헛소동〉에는 당시 케네스 브래나의 연인에서 아내가 된 에마 톰슨이 케네스 브래나의 상대역으로 등장하는데, 꽤 로맨틱하게 보여서 멋졌다(결국 이혼한 이후는 진흙탕 관계였지만).

이후 1998년 강변역 테크노마트에 CGV가 처음 생기면서 시설도 좋고 쾌적한 환경의 멀티플렉스 프랜차이즈가 늘어나기 시작했다. CGV, 메가박스 등 경쟁체제가 되면서 규모의 경제로 더욱 확대되었다. 관객의 입장에서는 좋았다. 하지만 전통적인 시스템의 극장과 중소 극장은 악전고투 끝에 하나씩 사라져갔다. 결국 세상이란 그런 것이겠지.

얼마 전 차를 타고 논현동을 지나면서 씨네하우스의 흔적을 찾아보았다. 과거의 건물은 여전히 그 자리를 지키고 있었지만 용도는 모르겠다. 다음 봄이 되면 허허로운 종로3가 길을 걸어봐야겠다.

“ 책받침 여신들을 경배하라 ”

얼마 전 책장을 정리하다가 고등학교 때 공부했던 영어 단어집을 발견했다. 반가워서 책을 훑어보는데 페이지 사이에 껴 있던 책갈피가 떨어졌다. 배우 이미연 사진을 코팅한 작은 책갈피였다. 뒷면에는 학교 앞 서점 이름과 전화번호가 적혀 있었다. 1990년대 초반이었으니 당대 최고의 하이틴 스타 이미연이 TV 광고와 영화로 엄청난 인기를 얻고 있을 때였다.

생각해보니 당시에는 이미연, 최진실, 강수지 등 연예인 사진에 코팅을 해서 학교 근처 문방구나 서점에서 책받침이나 책갈피로 판촉활동을 하는 경우가 많았다. '책받침 여신'이라는 말이 생겼을 정도였으니. 지금의 연예인 굿즈 초기 버전 같기도 하고 나름 '소박한 시절이었구나'라는 생각도 든다.

지금은 별로 없는 듯한데, 당시에는 '트로이카'라는 이름으로 인기 연예인 3인방을 꼽았다. '트로이카'는 러시아의 삼두마차에서 유래했다. 하나의 마차를 세 마리가 끌면서 넘어지지 않고 질주할 수 있도록 서로 협력하고 경쟁하는 관계, 즉 같은 분야에서 경쟁하는 세 사람을 트로이카라고 불렀다. 특히 여배우 트로이카가 인기를 끌었다. 1960년대에는 문희·윤정희·남정임, 1970년대에는 장미희·정윤희·유지인, 1990년대에는 전도연·심은하·고소영이 여배우 트로이카로 자리잡았다.

개인적으로 장미희, 정윤희, 유지인으로 구성된 여배우 트로이카가 어렴풋이 기억나는데, 앞에서 언급한 이미연, 강수지, 최진실이 당시 고등학생에게 가장 인기가 있었다. 수많은 '책받침' 전면을 장식하는 배우들이었으니까. 하지만 존재감 있던 또하나의 여배우 트로이카는 해외 여배우였다. 브룩 실즈, 피비 케이츠, 소피 마르소는 당시 청춘 영화에서 빛을 발하던 우리의 '여신'이었다.

1980년에 제작되었으나 1988년에 뒤늦게 우리나라에 개봉된 브룩 실즈의 〈블루 라군〉은 당시 해외 여배우 트로이카의 첫번째 인기 기폭제였던 것 같다(브룩 실즈가 열네 살 때 출연한 영화다). 〈푸른 산호초〉라는 제목으로 개봉된 이 영화는 무인도에 떨어져 성에 눈떠가는 소년 소녀의 이야기가 주 내용이다. 노출 수위가 꽤 높았던 탓에 미성년자 관람 불가 등급을 받았다. 물론 TV에서 방영할 때는 관련 장면이 삭제되었다.

〈블루 라군〉과 비슷한 내용의 아류작인 〈파라다이스〉의 주연은 피비 케이츠였다. 1982년에 개봉한 이 영화는 무인도에서 사막으로 배경을 바꾸어 같은 내용을 다루고 있다. 피비 케이츠가 유명해진 또다른 영화는 조 단테 감독의 〈그렘린〉이었다. 귀여운 모그와이와 피비 케이츠의 조합으로 큰 인기를 얻었다. 아쉬운 점은 몇 편의 영화에 출연한 뒤 〈인 앤 아웃〉의 주연으로 유명한 케빈 클라인과 결혼 후 거의 은퇴를 한 것이다.

최고의 책받침 여신은 소피 마르소였다. 1989년 초 KBS의 〈명화극장〉에서 프랑스 영화를 시리즈로 몇 편 방영한 적이 있었는데, 〈라붐〉(1980)과 〈라붐 2〉(1982)를 그때 처음 보았다. 그날 이후 친구들과 난리가 났다. 진정한 '여신'이라고. 그리고 그해 여름에 지금은 사라진 신사동 영동극장에서 개봉한 소피 마르소의 〈유 콜 잇 러브〉를 보기 위해 친구와 고군분투했던 기억이 있다. 원래 이 영화는 봄에 중앙극장에서 상영되었는데, 이후 영동극장에서 재개봉하여 친구와 보기로 하고 극장 앞에서 만나기로 했다. 그런데 서로 길이 엇갈려 만나지 못하고 각자 영화만 보고 집에 갔다. 당시에는 약속이 어그러지면 방법이 없었다. 대학생이면 카페나 주점 앞의 전언판을 이용해도 되었지만 이제 막 고등학생이 된 우리는 기다리다가 각자도생 할 수밖에 없었다. 비록 친구는 만나지 못했지만 집에서 이 영화에 대해 전화로 수다를 떨었던 기억이 새록새록 떠오른다.

번외로 샤를로트 갱스부르도 꼽을 수 있다. 첫 주연작인 〈귀여운 반항아〉(1985)도 〈명화극장〉에서 시리즈의 일환으로 방영했는데, 영화 속 샤를로트 갱스브루의 분위기에 압도되었다. 또다른 여신의 등장이었다. 역시나 나만 그렇게 느낀 것이 아니었는지 재방영에 대한 요청이 쇄도했고 봄에 다시 이 영화를 방영하기도 했다.

지금 생각해보면 이런 여배우 트로이카 시스템도 정보가 다양하지 못했던 시절의 결과물이 아닐까 싶다. 커뮤니케이션 플랫폼이 서너 개에 불과했던 당시 이런 트로이카를 내세움으로써 시너지 효과를 극대화하기 위해서 말이다. 어린 후배들에게 이를 아냐고 물어보니 도리어 그것이 뭐냐고 묻는다. 수많은 소통 채널과 플랫폼이 난무하는 요즘 좋아하는 연예인, 좋아하는 영화도 개성적이고 제각각인 것이 건강한 사회일 것이다.

소피 마르소와 브룩 실즈는 여전히 활발하게 스크린에서 활동하고 있다. 멋있다. 과거 그레타 가르보처럼 황금기에 곧바로 은퇴하지 않고 자신의 연륜에 맞는 연기를 하고 있는 점 또한 그들의 내공일 테니(피비 케이츠는 그런 면에서 좀 아쉽다). 여전히 나의 '책받침 여신'들을 경배할 수밖에 없는 이유다.

“

IMDB가 뭐야?

”

지금이야 '구글', '네이버', '다음' 따위의 포털 사이트나 '인터넷 무비 데이터베이스IMDB(www.imdb.com)', '박스오피스 모조(www.boxofficemojo.com)', '로튼 토마토(www.rottentomatoes.com)'와 같은 해외 영화 정보 사이트 등 인터넷을 통해 영화 정보나 리뷰를 손쉽게 접할 수 있지만 과거에는 제한적이었다. 기껏해야 방송이나 신문, 잡지 정도가 전부였는데, 그중에서도 손쉽게 접근할 수 있는 정보 출처는 신문이었다. 지금은 종이 신문을 보는 경우가 드물겠지만, 과거에는 대부분 한두 종류의 신문을 구독했다. 신문 하단에는 현재 상영중인 영화 상영 광고가 있었다. 지금처럼 정식 포스터 광고가 아니라 수많은 홍보 문구로 장식되어 있었다. 확인할 수 없는 '전 세계 흥행 1위'가 심심찮게 적혀 있다거나, '최고의 액션 영화'라고 하거나, 제작자를 감독이라고 하거나(주로 스티븐 스필버그가 등장했다), 아니면 영화관 앞에 길게 늘어선 줄을 통해 흥행의 모습을 보여주는 등의 광고였다. 그 밖에는 연예 관련 방송에서 짧게 영화를 소개하는 수준이었다. 어쨌든 이런 제한된 매체에서 영화에 대한 정보를 얻고 영화관으로 향했다.

고등학교 때 영화 보기에 입문하면서 영화 잡지를 구독하기 시작했다. 그나마 몇 개 있던 영화 전문 잡지가 정보 출처의 대부분을 차지했기 때문에 정보를 얻기에 수월했던 것이다. 당시에는 영화 잡지가 많지 않았다. 〈스크린〉이 국내에서 대표적인 영화 잡지로 자리잡고 있었다. 그리고 또다른 영화 잡지가 창간되었다. 바로 〈로드쇼〉였다. 영화 외에도 다양한 연예 이야기를 다룬 잡탕 구성이었지만 열심히 잡지를 보았다. 집 앞에 도매 책방이 있어서 해외 잡지(특히 일본 잡지)도 살 수 있어 〈일본 로드쇼〉, 〈일본 스크린〉 등도 접할 수 있었다. 이렇게 사게 된 잡지가 나중에는 〈로드쇼〉, 〈스크린〉, 〈일본 로드쇼〉, 〈일본 스크린〉, 〈일본 뉴타입〉, 〈일본 애니미지〉까지 총 6종으로 불어나 있었다. 이후에는 〈프리미어〉 같은 해외매체와 라이선스한 잡지도 추가했다. 지금도 선방하고 있는 〈씨네21〉, 금방 사라진 〈키노〉 등도 종종 보았지만 텍스트가 너무 많은 매체는 선호하지 않았다. 이미지 중심과 정보 중심으로 잡지를 보았다. 여기에 국내 영화보다는 해외 영화에 심취해 있었던 것도 작용했던 듯하다.

어쨌든 이렇게 많은 잡지를 보면서 좋았던 점 중 하나는 잡지 부록으로 주었던 포스터나 배우 브로마이드를 방에 붙여놓고 감상할 수 있었다는 것이다. 반면에 난감한 점은 각 책마다 정보가 많이 달라서 어느 정보를 취해야 할지 헷갈렸다는 것이다. 예를 들어 배우 이름의 경우 킴 베신저인지 킴 베이싱어인지, 앤 헤치인지 앤 헤이시인지 발음이 달랐다(이후 킴 베이싱어는 해외 방송에서 자신의 이름에 대한 정확한 발음을 이야기했다. 고유명사인지라 해외에서도 많이 헷갈렸던 듯하다. 앤 헤이시도 IMDB에 따르면 '헤이시'가 정확한 발음이다). 과거 음반 속지의 정보들이 제각각이었던 것처럼 말이다.

이런 오류나 틀린 정보에 대해 과거에는 지적하고 분개했으나 이후 기자가 되고 보니 이런 팩트 체크가 얼마나 어려운지를 알게 되었다. 역시나 '역지사지'다. 특히 과거에는 취재 소스도 별로 없었다. 아마 해외에서 보내는 보도자료나 해외 영화 잡지, AFKN 등 해외 방송 등에서 정보를 얻어 소개했을 것이다. 지금이야 할리우드에서 우리나라를 주요 흥행지로 생각하여 감독이나 배우들이 직접 내한하거나 다양한 취재 루트를 통해 전달하지만 과거에는 그렇지 않았을 테니. 정확한 정보를 전하겠다는 '사명감'까지는 아니더라도 '책임감'은 있었기에 기사를 쓰면서도 꽤 난감한 경우가 많았을 것이다. 이런 생각이 드니 개인적으로 분개한 것에 대해 반성을 하게 된다. 어쨌든 영화 잡지를 많이 보다보니 영화 정보에 대해 많이 알게 되기는 했다. 관심을 갖고 있는 분야에 대한 반복 학습은 정말 중요하다. 그래서 고등학교 때는 영화 제목, 감독과 배우, 개봉 연도 같은 정보를 줄줄 꿰고 있었다. 한때는 친구들에게 '걸어다니는 영화 백과사전'이라는 말까지 들을 정도로(지금 생각해보면 정확한 정보가 아니었다는 것이 함정이었다).

대학교 시절 개인 컴퓨터가 보급되기 시작했다. 그때만 해도 컴퓨터는 단순히 리포트 작성을 하는 데 주로 사용되었는데, 곧 하이텔이나 나우누리 등 PC통신이 가능하게 되었다(전화기 모뎀을 이용했는데, 정말 느렸다. 끊기기도 자주 끊기고. 하지만 정말 신기한 시스템이었다). 서로 좋아하는 분야에 대해 정보를 공유할 수 있게 되면서 잡지의 정보보다 더 많은 정보를 얻을 수 있었다. 그러다가 인터넷이라는 정보 네트워킹이 등장했다. 가히 혁명적이었다.

지금은 포털 서비스나 해외 영화 정보 사이트에서 손쉽게 정보를 얻을 수 있다. 과거 잡지에서 심심찮게 다루었던 영화 박스오피스도 정확한 수치로 살펴볼 수 있다. 엄청난 시대다. 플랫폼의 변화로 이제는 영화와 관련하여 예고편이나 감독과 배우들이 직접 등장하여 영화에 대한 이야기를 풀어낸다(친절하게 한국어 자막 버전도 공식적으로 나온다). 길을 걷다가 문득 영화에 대해 궁금한 것이 있으면 스마트폰으로도 확인할 수 있다. 정말 놀라운 시대다.

그래도 여전히 잡지를 사서 보는 것을 좋아한다. 영화 잡지의 경우에는 주로 해외 잡지를 서점에서 보고 구입한다. 해외도 종이 잡지의 운명이 그리 밝지만은 않아서 많은 잡지가 사라졌고 영국의 〈엠파이어〉나 〈토털 필름〉 정도가 서점 매대에 진열되어 있다. 지금도 집 한편에 과거의 잡지들을 꽤 보관하고 있다. 과거 이 잡지들을 정리하겠다고 골라보는 와중에 여기에는 어떤 기사가 있고, 여기에는 어떤 배우가 등장하고……. 이렇게 확인하다보니 버릴 것이 별로 없게 되었기 때문이다. 가장 큰 이유를 꼽으라면 영화의 정보에 목말라 찾아보던, 영화 보기가 너무나 즐거웠던 그때 그 시절이 그 잡지 속에 있기에 그렇지 않을까 생각한다(단순히 치우기가 귀찮아서 그럴 수도 있겠지만).

“

명절과 성룡의 상관관계

”

지금은 영상 플랫폼이 정말 다양해져 어떤지 모르겠지만 내가 중·고등학교 시절만 해도 영상 콘텐츠를 볼 수 있는 플랫폼은 얼마 없었다. TV, 영화관…… 음, 다인가? 아, 1980년대 중순 이후 보급된 가정용 비디오가 있었다. 상황이 이러다보니 당시 공중파에서 방영하는 드라마의 시청률이 40퍼센트를 넘어 50퍼센트까지 오를 수 있었을 것이다. 각설하고 어느 날 드디어 우리집에도 비디오 플레이어가 생겼다. 당시에는 VHS 포맷과 베타 포맷의 비디오테이프 형태가 경쟁하고 있었는데, 차츰 VHS 포맷이 주도권을 잡아가던 시기였다. 우리집 비디오 플레이어도 VHS 포맷이었다.

신세계였다. 처음에는 비디오 대여점이 그렇게 많지 않아서 아버지가 회사 근처의 대여점에서 구할 수 있는

타이틀을 보았다. 〈그레이트 마징가〉 같은 만화 영화나 〈구니스〉(1985) 같은 어린이 모험 영화였다. 〈구니스〉는 아마 '삐자(B급)' 비디오가 아니었던가 싶다. 화질이 너무 조악했다. 재미있었지만 화질에 대해 꽤 심각하게 고민했던 것이 생각난다.

이후 동네에도 비디오 대여점이 생겨나고 비디오 대여시장이 폭발적으로 커졌다. 중학생 시절이었다. 동네 친구들과 몰려다니면서 하루가 멀다 하고 비디오를 빌려서 영화를 보기 시작했다. 홍콩 영화가 인기였다. 특히 성룡과 원표, 홍금보(이들의 중국식 발음은 청룽, 위안뱌오, 훙진바오이지만 이 책에서는 우리 세대에게 익숙한 이름을 사용했다) 3인방이 만들어내는 코믹 무술 액션 영화가 많은 사랑을 받았다. 홍콩 누아르는 하나의 장르로 자리 잡으며 크게 유행했다. 〈오복성〉, 〈칠복성〉, 〈쾌찬차〉 등 이들 3인방이 출연한 영화는 나오는 족족 빌려보았는데, 그때 개인적으로 가장 재미있었던 영화는 〈프로젝트 A〉(1983)였다(얼마 전 다시 보았는데, 정말 명불허전이다). 홍콩 개국초 시절 해적을 퇴치하려는 홍콩 해경과 육상 경찰의 이야기인데, 성룡과 원표, 홍금보가 해경과 육상 경찰, 건달로 나와 코믹 액션의 진수를 보여준다.

어쨌든 아이들끼리 모여서 주야장천 비디오만 보고 있었으니 어른들 눈에는 좋게만 보일 리 없었을 것이다. 부모님에게 몇 번의 주의를 받은 후 이런 영화 보기 모임은 흐지부지 와해되고 말았다. 당시 영화를 좋아했어도 이른바 '미쳐 있던' 시기는 아니었던 터라 내 안에 있던 '영화 보기 열정'도 곧 사라졌다. 가끔 비디오를 빌려보거나 TV에서 방송해주는 명화들을 보면서 방학 때 상영하는 블록버스터를 보러 가던 과거의 생활로 돌아갔다.

성룡은 이후에도 계속 승승장구했다. 급기야는 설날과 추석 연휴에 주인공으로 활약하는 영화를 규칙적으로 개봉하는 스타가 되었다. 거의 '한국의 명절 연휴 극장가는 내가 책임진다'는 수준으로 성룡의 인기는 대단했다. 그러던 중 나 또한 강남으로 생활 터전을 옮기고 영화를 미친 듯이 보고 극장을 시도 때도 없이 찾게 되었다. 홍콩 영화를 주로 개봉하는 영화가 강북과 강남에 한 곳씩 있었는데, 강북에는 대지극장, 강남은 동아극장이었던 것으로 기억한다. 지금 CGV 강남이 있는 자리다. 설날 연휴에(역시나!) 동아극장에서 〈용형호제 2-비룡계획〉이 개봉되었다. 〈용형호제 1〉을 보지 못한 상황에서 두번째 편을 먼저 본 것인데, 연휴에 보는 영화라고

속편 개념 없이 가서 보았던 것이다.

영화 내용은 단순하다. 보물 사냥꾼인 주인공이 중동에 위치한 사막에 숨겨둔 황금을 찾아달라는 의뢰를 받고 전 세계를 누비며 모험을 한 후 임무를 완수한다는 줄거리다. 하이라이트 부분에서 거대한 통풍 팬 위를 날아다니며 벌어지는 해프닝은 코미디 명장면 중 하나로 꼽을 수 있다. 개인적으로 지금까지 그의 영화 중 이렇게 재미있었던 영화는 없다고 생각한다(아쉽지만 앞으로도 없겠지).

2000년대를 관통할 때까지 성룡 영화는 명절 때 개봉하는 것이 관례였다. 그리고 성룡이 나이가 들면서 과거와 같은 내용의 영화가 나오지 못하게 되자 공중파에서 성룡 영화를 명절 때 방영하기 시작했다. 이 또한 연례행사였다. 할리우드로 진출할 정도로 큰 인기를 얻은 성룡도 이제는 과거와 같은 액션 스타로서의 몸놀림을 보여줄 수 없는 할아버지가 되었다. 최근에는 영화와는 무관한 정치적 발언으로 아쉬움을 주기도 한다. 그렇더라도 1980년대와 1990년대 홍콩 영화의 코믹 액션 장르를 확립하고 수십 년간 자신만의 영역을 발전시킨 그의 노력은 평가받을 만하다. 어쨌든 그의 영화 엔딩 타이틀에서 보여주는 NG 장면은 여전히 그의 코믹 액션 영화의 진정성을 잘 보여주고 있으니. 이번 명절 연휴에는 혼자만의 '성룡 영화 특집'을 꾸며봐야겠다.

“ 영화 음악 음반 수집기記 ”

주위 친구들이 이른바 ‘록 스피릿’에 정신이 팔려 있을 때 개인적으로는 영화 음악에 빠져 있었다. 나이가 들면서 음악적 취향이 변한다는 사람들을 주변에서 여럿 보았는데, 영화 음악은 그런 흐름에서 비껴갈 수 있다. 영화 음악은 하나의 카테고리로 묶을 수는 있지만 특정 장르가 아니기 때문에 클래식부터 록까지 들을 수 있으니 말이다. 이른바 ‘바흐부터 김흥국까지’다. 음악적 편식에서 자유로울 수 있다는 점은 꽤 고맙다고 할까.

그래서인지 여전히 나의 최애 음악 카테고리를 꼽으라면 영화 음악이다. 뒤에서 이야기하겠지만 그룹 퀸의 음악도 꼽을 수 있기에 최애 음악 분야는 양대 산맥을 이룬다고 하겠다. 그러나 퀸은 과거의 그룹. 보컬 프레디 머큐리의 죽음과 베이시스트 존 디콘의 은퇴 이후

완전체가 아닌 최근 음악은 그리 큰 매력을 주지는 못한다(여전히 음반을 사서 듣기는 하지만). 그러나 영화 음악은 과거의 영화부터 새로운 영화가 등장할 때마다 음악도 새롭게 추가되기 때문에 무궁무진하다. 차곡차곡 모은 음반이 겹겹이 쌓여 있다. 최근에는 데이터로 구입하여 듣는 경우가 많지만 사실 개인적으로 최고로 좋아하는 매체는 CD다. 최근에는 LP 붐이 다시 일고 있지만 내가 음악을 듣기 시작했을 당시에 등장한 것이 CD인지라 그 차가운, 이른바 선명하고 날카로운 음색이 좋다(꼭 LP에서 들리는 따뜻한 음색만 좋아할 필요는 없다는 생각이다. 약간의 반발심도 있고).

영화 음악은 단순히 음악만 좋아서는 감동이 없다. 영화의 장면과 음악이 어우러졌을 때 비로소 감동이 배가 된다. 흥미로운 점은 영화가 재미있으면 당연히 OST도 멋지게 들리는데, 그렇지 않아도 OST가 꼭 멋지지 말란 법은 없다. 하지만 그런 OST에 대한 사랑도 영화를 보지 않으면 결코 성립하지 않는다. 주변 사람들이 이 음악은 꼭 들어야 된다고 이야기해서 추천한 음악을 들었을 때 그 영화를 보지 않았을 경우에는 사실 별 감흥이 없다. 그래서 이른바 걸작 사운드트랙을 먼저 구해놓았을 때는 묵혀놓았다가 영화가 개봉된 후 보고 나서 다시 음악을 듣는 경우가 꽤 있었다(과거에는 영화 음악이 먼저 발매되고 영화가 개봉되는 경우도 많았다). 흡사 드뷔시가 창안한 '인상주의' 음악처럼 영상을 보면 음악이 떠오르고 음악을 들으면 영상이 눈앞에 펼쳐지는 분위기라고 할까.

개인적으로 처음 산 OST는 〈사운드 오브 뮤직〉이었다. 이때는 LP였다. 이후 CD로 매체가 바뀌면서 여러 레코드점을 돌아다니기 시작했다. 정식으로 발매된 CD가 많이 없었던 터라 대부분 수입 CD였다. 롯데월드 지하에 꽤 큰 레코드점이 있었는데, 하교할 때 즐겨 찾는 장소가 되었다. 가끔 강북으로 올라가면 광화문 교보문고부터 종로 거리를 따라 꽤 많은 레코드점이 있어서 둘러보곤 했다. 아버지와 교보문고를 갔다가 들른 주변 레코드점에서 구한 〈스타워즈 : 에피소드 4 - 새로운 희망〉(당시에는 그냥 〈스타워즈〉였다) 더블 CD가 거의 첫 CD OST였다. 당시 3만 원 정도 했으니 싼 가격은 아니었다. 하나둘씩 음반을 모으기 시작했고 수많은 음반점이 명멸을 겪을 정도로 꽤 오랜 시간이 흘렀다. 이렇게 수집한 나만의 베스트 영화 음악 음반 몇 개를 소개한다.

먼저 〈사운드 오브 뮤직〉. 1965년에 개봉한 로버트 와이즈 감독의 〈사운드 오브 뮤직〉은 전 해에 개봉한 〈메리 포핀스〉로 슈퍼스타에 오른 줄리 앤드루스가 주연하고 1959년 폰 트라프 가족 합창단 이야기를 바탕으로 제작한 뮤지컬을 영화화한 것이다. 폰 트라프 대령 역은 크리스토퍼 플러머가 맡았는데, 2021년에 91세의 나이로 세상을 떠났다. 그가 이 역을 맡았을 때 나이가 많은 줄 알았는데, 사실 서른여섯 살밖에 안 되었다는 사실에 꽤 놀랐다. 음악은 오스카 해머스타인 2세와 리처드 로저스가 작사, 작곡했다. 가장 널리 알려진 〈도레미송〉과 〈에델바이스〉는 너무 익숙해서 오스트리아 지방의 민요라고 생각했는데, 이 뮤지컬을 위해 작곡했다는 사실을 알고 제법 놀랐던 기억이 난다. LP는 듣다가 떨어뜨려 깨졌고 이후에 CD로 구입하여 계속 듣고 있다. 35주년, 40주년, 45주년이 되었을 때 출시된 기념 앨범까지 모았는데, 개봉 50주년이 훌쩍 넘은 지금은 더이상의 앨범 구입을 중지했다(끝이 없을 듯하여).

'스타워즈' 시리즈. 1989년에 구입한 〈스타워즈〉 첫 번째 더블 CD는 내 주요 수집 목록 최상단에 위치한 아이템 중 하나다. 당시에는 이런 오케스트라로 이루어진 뮤직 스코어는 음반으로 구하기가 어려웠다. 더 어렸던 중학교 시절에는 이 음악이 듣고 싶어 KBS FM 〈이선영의 영화음악실〉에 엽서를 보냈는데, 다행히 음악을 틀어주어 녹음해서 들었다. 이후에는 OST보다는 'SF 음악 모음' 같은 컴필레이션 음반이 간혹 출시되어 이를 듣곤 했다(주요 레퍼토리는 〈스타워즈〉, 〈슈퍼맨〉, 〈E.T.〉 등이었다). 그러던 중 이 더블 CD를 구했으니 얼마나 기뻤겠는가. 그후 부모님 지인에게 부탁하여 〈스타워즈: 에피소드 5 - 제국의 역습〉과 〈스타워즈: 에피소드 5 - 제다이의 귀환〉 CD를 일본반으로 구해 들었다.

시간이 흘러 1997년 〈스타워즈〉 오리지널 작품의 스페셜 에디션이 개봉되었는데, 이때는 음악 목록이 추가되어 재출시되었다. 프리퀄 시리즈가 나왔을 때 6편의 영화 OST를 모아 출시하는 등 꽤 활발하게 출시되었는데, 시퀄 시리즈 중 마지막 〈스타워즈 : 에피소드 9 - 라이즈 오브 스카이워커〉는 국내에서 구할 수조차 없어 아마존에서 구입했다(음악 파일은 판매 사이트에서 구입할 수 있다). 어쨌든 '스타워즈' 시리즈가 국내에서는 별로 인기가 없음을 방증하는 것 같아 약간 씁쓸하다.

'인디아나 존스' 시리즈도 빼놓을 수 없다. "빰 빠

바밤~~ 빠바밤~~ 빰 빠바밤~~ 빠바 밤밤밤~.” 포털 사이트 검색창에 이렇게 입력하면 누군가가 ‘인디아나 존스 테마곡’이라고 알려줄 정도로 유명하다. 처음 구입한 OST는 〈인디아나 존스와 최후의 성전〉이었다. 1989년 당시는 국내 라이선스 음반 회사에서 오리지널 음반 회사의 직배 구조로 바뀌던 즈음이라 카세트테이프가 WEA에서 출시되면서 거의 두 배 뛰었기에 놀랐던 기억이 있다. CD는 미국 지인 찬스로 구할 수 있었다. 이후 성음에서 출시한 〈인디아나 존스와 마궁의 사원〉 카세트테이프를 구할 수 있었다. 여기에 일본반으로 〈레이더스〉와 2편을 구해 이 또한 주야장천 들었다. 특히 존 윌리엄스의 오케스트라 뮤직 스코어는 처음부터 끝까지 들으면 한 편의 영화를 ‘듣는’ 것 같은 효과를 주었다.

2008년 〈인디아나 존스와 크리스탈 해골의 왕국〉 개봉 이후에 출시된 네 편의 OST가 합본된 박스세트에는 처음 영화 개봉 때 출시된 OST 앨범 목록에서 곡이 추가된 버전으로 출시되었다. 5편까지 존 윌리엄스가 맡았다고 하니 기대가 된다. 아, 그리고 ‘인디아나 존스’ OST에는 1990년대 초반에 방영했던 〈영 인디아나 존스 연대기〉 시리즈도 포함된다. 이 시리즈는 총 네 장의 앨범과 한 장의 베스트 앨범을 출시했는데, 뜬금없지만 헝가리 부다페스트에서 구할 수 있었다. 그중 해리슨 포드가 쉰 살의 인디아나 존스로 출연했던 〈미스터리 오브 블루스〉 에피소드가 포함되어 있는 세번째 앨범에는 클라리넷 재즈 뮤지션으로 유명한 시드니 베셋(제프리 라이트가 역을 맡았다)의 연주곡들이 들어 있다. 음악 감독인 조엘 맥닐리는 '스타워즈' 소설에 대한 이미지 앨범인 《스타워즈:제국의 그림자》도 작곡했을 정도로 당시에는 루카스측과 밀접한 관계에 있던 작곡가였다.

1979년 제작된 조지 로이 힐 감독의 〈리틀 로맨스〉는 다이앤 레인이 열네 살에 첫 주연을 맡은 영화다. 프랑스 파리에서 이탈리아 베네치아까지 어린 소년과 소녀가 늙은 도둑(로런스 올리비에가 맡았다)의 도움으로 여행을 떠나는 아주 귀여운 로맨스 영화다. 쇠라풍의 점묘 화법으로 그려진 포스터가 정말 멋지다. 이 영화를 담당한 조르주 들르뤼의 음악은 1980년 아카데미 영화제 음악상을 수상했는데, 타이틀 음악도 멋지지만 7번 트랙의 〈생일 파티〉에 등장하는 청명한 피아노 소리는 꽤 매력적이다.

그리고 지금까지의 나의 삶을 감싸안아준 OST를 꼽

으라면 단연 엔니오 모리코네의 음악이다. 이에 대한 이야기는 독립된 장章에서 이야기하자.

ELO가 음악을 맡은 〈제너두〉를 비롯하여 〈냉정과 열정 사이〉, 〈라라랜드〉, 〈헛소동〉, 〈프리실라〉, 〈크레이머 대 크레이머〉, 〈솟버스〉, 〈블레이드 러너〉, 〈백 투 더 퓨쳐〉 등 겹겹이 쌓여 있는 수많은 음반 그 하나하나는 각각의 시간대를 다시 경험하게 하는 매개체다.

이제는 세상이 변해 CD보다는 스트리밍 시대가 되었고 또다시 LP가 대세로 되어버린 모든 것이 뒤섞인 시대가 되었다. 편리함으로 나 또한 음원으로 듣는 경우가 많지만 그래도 좋아하는 영화 음악이 생기면 영화 이미지가 전면에 드러나 있는 음반을 구입한다. 이렇게 수많은 영화 음악 음반이 계속 나의 목록에 쌓이고 있다. 그리고 그 영화 음악을 들을 때마다 그 영화를 보던 그 시절로 돌아가곤 한다. 영화와 음악이 만들어내는 컬래버레이션이자 진정한 미덕이다.

“

홍콩 영화의 ‘화양연화’

”

생각해보면 홍콩 영화가 우리나라에서 인기 있었던 시기는 1980년대 중반부터 2000년대까지였던 듯하다. 이때는 걸작도 꽤 많았다. 앞에서 이야기했듯이 성룡, 홍금보, 원표가 트로이카로 활약했던 〈프로젝트 A〉, 〈오복성〉, 〈칠복성〉 등 코미디 영화가 인기였다가 1980년대 말 드디어 우리에게 익숙한 바로 그 ‘홍콩 누아르’ 〈영웅본색〉이 개봉되었다. 중학생이었던 나는 고등학생 관람가였던 이들 영화를 보지 못했는데, 고등학생이었던 누나가 학교에서 단체 관람한 〈영웅본색 2〉 때문에 하루종일 펑펑 울었던 기억이 난다. 장국영이 맡은 배역이 죽었다나. 어쨌든 당시 장국영과 주윤발은 최고의 홍콩 스타였다.

고등학생이 되면서 드디어 〈영웅본색〉을 접할 수 있

었다. 이후 주윤발과 장국영, 적룡이 나온 이 영화는 우리 같은 소년들에게 이른바 '남자의 우정'을 평생 외치게 만들었다. 1986년 오우삼 감독이 제작한 〈영웅본색〉은 우리나라에는 1987년에 개봉되었는데, 처음에는 큰 인기가 없었다. 비디오테이프로 출시되면서 인기를 끌기 시작했고 곧 광풍이 되었다. 1988년 〈영웅본색 2〉가 개봉될 때는 주윤발과 적룡, 오우삼 감독이 우리나라를 찾아 무대 인사를 할 정도로 높은 인기를 구가했다.

〈영웅본색〉은 형제인 경찰 아걸(장국영)과 암흑가의 보스 자호(적룡)가 한 축을 이룸과 동시에 자호의 친구로 한때 암흑가에서 잘나가다가 몰락한 소마(주윤발)가 또하나의 축을 이루었다. 1편에서 주윤발은 형제의 우애를 외치다가 총에 맞아 죽는데, 워낙 큰 인기를 얻어 후속편을 찍을 때도 다시 등장시키라는 요구가 컸다. 결국 주윤발은 2편에서 쌍둥이 형제인 켄으로 다시 출연하게 되었고 장국영이 분한 아걸이 마지막에 죽는다. 1편에서 형제의 화해가 큰 줄거리라면 2편은 형제간의 우애를 중심으로 복수와 액션이 난무했다. 이른바 홍콩 누아르가 1990년대 중반까지 국내 영화계를 휩쓸게 된 시작이었다.

또한 장국영이 불렀던 주제가 1편의 〈당년정〉과 2편의 〈분향미래일자〉가 큰 인기를 끌면서 장국영의 인기가 치솟았다. 1990년대 초반 장국영은 초콜릿 광고에 삽입된 노래를 부르면서 우리나라를 찾았다(주윤발은 같은 시기 음료 광고로 큰 인기를 끌었다). 방송에 나왔을 때가 지금도 기억에 생생하다. 우리나라 가수들의 조용함과는 달리 휘적휘적 몸을 흔들면서 〈무심수면〉 노래를 부르는 모습을 보면서 꽤 낯설었던 기억이 난다.

홍콩 누아르 열풍이 조금 가라앉은 후 이른바 '왕가위 영화'가 뒤를 이었다. 1990년대에 접어들면서 386세대로 대표되는 1980년대 학번과는 사뭇 다른 분위기의 세상이 펼쳐졌다. 이른바 X세대의 시대였다. 1992년 '서태지와 아이들'이 혜성처럼 등장했고 무라카미 하루키의 소설 『상실의 시대』가 폭발적 인기를 끌었다. 치열한 삶에서 벗어난 여유로움, 허무함 등으로 대표되는 집단보다는 개인 중심의 다양한 감성이 소비되었다(밀러, 카프리 등 맥주를 병째 마시고 재즈를 듣는 그런 겉멋도 조금 있었고 말이지).

그때 등장한 영화가 바로 왕가위의 〈중경삼림〉(1994)이었다. 임청하, 금성무, 양조위, 왕비가 주인공으로 두 가지 이야기가 중간에 중첩되면서 전개되는 형식이었는데, 극장에서 처음 봤을 때 내용이나 영상 등이 전체적으로 놀라웠다. X세대의 삶을 살았던 나에게 이 영화는 당시 그 시대의 분위기를 너무나 잘 포착하여 그려냈다. 어쨌든 지금도 마마스 앤드 파파스의 〈캘리포니아 드리밍〉을 들으면 영화 〈중경삼림〉이 떠오를 정도로 뇌리에 각인된 영화다(2000년 초반까지 이런 분위기가 지속되었던 것 같다. 김래원과 김정현이 주연인 곽지균 감독의 〈청춘〉(2000)도 그런 분위기를 풍겼던 것 같다).

이후 몇 년간 왕가위 감독의 영화가 꾸준히 개봉되었는데, 〈열혈남아(몽콕하문)〉(1987), 〈아비정전〉(1990), 〈동사서독〉(1994), 〈타락천사〉(1995), 〈해피투게더(춘광사설)〉(1997), 〈화양연화〉(2000) 등은 커다란 인기를 끌었다.

〈열혈남아〉는 비디오로 접했다. 건달을 주인공으로 한 영화는 꽤 많았지만 폭력과 사랑을 적절히 버무리고 후배를 위해 사랑 대신 복수를 택하는 주인공(유덕화)의 내면을 잘 보여주었다. 이런 영화는 오락성보다 생각할 거리를 던져주었다고 할까. 이 영화는 우리에게 잘 알려진 총을 맞으며 끝나는 버전 말고 또다른 버전이 있는데,

그 버전은 그 이후의 시간대를 보여준다. 살아남은 주인공이 있는 감옥에 여자친구(장만옥)가 면회를 와서 간식을 주는데, 총을 맞은 후유증으로 먹다가 흘린다. 이를 본 여자친구가 눈물을 보이며 끝을 맺는다. 이른바 홍콩영화가 보여주는 액션의 화려함 속에 숨어 있는 인간의 비참함을 지적하고 있는 것이다(이 영화의 영향을 받은 〈천장지구〉(1990)는 내용이 비슷하지만 인간에 대한 비참함보다는 액션의 화려한 오락성과 함께 우리에게 '오천련'을 외치게 만들며 인기를 끌었다).

〈동사서독〉, 〈해피투게더〉, 〈화양연화〉 등을 보며 왕가위 감독도 시간이 지나고 나이가 들면서 그 나이대에 고민하는 내용을 영화화하는 것을 느꼈다. 결국 시간(시대), 만남과 이별, 사람의 인생에 대한 문제가 그의 영화 속 큰 주제가 아니었나 하는 생각이 든다.

1997년에는 여명과 장만옥이 주연을 맡은 진가신 감독의 〈첨밀밀〉이 개봉되었다. 이 영화는 증지위, 크리스토퍼 도일(왕가위 영화의 그 촬영 감독!) 등 조연의 연기 또한 만만치 않았는데, 1997년 7월 홍콩의 중국 반환과 관련하여 중국 본토와 홍콩의 관계, 그 안의 사람들 이야기가 담겨 있다.

중국 본토에서 홍콩으로 이주해온 주인공 소군(여명)은 먼저 중국 본토에서 넘어온 이요(장만옥)를 만나 우정을 나눈다. 소군에게는 본토에 결혼할 여인이 있었지만 이요와 사랑에 빠진다. 만남과 헤어짐이 교차하는 우여곡절 끝에 몇 년 뒤 두 주인공이 미국에서 만나게 되는 이야기다. 영화는 등려군의 음악을 중심으로 흘러가는데, 영화 중간에 등려군에게 사인을 받는 장면에서 흐르는 노래 〈굿바이, 마이 러브〉가 심금을 울린다(이 음악을 음반으로 구하지 못하다가 몇 년 뒤 상하이 시내 음반점을 뒤져서 간신히 소장할 수 있었다).

이 영화에서 장만옥의 연기는 개인적으로 지금까지 팬으로 남게 한 계기가 되었다. 특히 마지막 장면에서 상점 유리창 너머의 TV를 보다가 옆의 여명을 보고 웃음을 터트리는 장면은 개인적으로 좋아하는 장면이다. 밤늦게 맥주 한잔하면서 종종 보는 영화가 있는데, 이 영화도 그 목록 상단에 올라 있다.

홍콩이 중국에 반환되고 분위기가 변하면서 홍콩 영화의 '화양연화'를 마지막으로 불살랐던 영화가 있다면 바로 〈무간도〉가 아니었을까. 2000년대 초반 맥조휘가 감독하고 양조위와 유덕화가 주연을 맡은 〈무간도〉

는 3편까지 제작되었는데 본편, 젊은 시절, 후속 이야기 등 시간을 넘나들며 보여주는 뒤바뀐 경찰과 범죄 조직원의 이야기는 상황의 아이러니와 함께 두 개인의 서사가 맞물려 관객들과 공명했다. 어렸을 때부터 범죄 조직원으로 자란 유건명(유덕화)은 경찰의 스파이가 되기 위해 경찰학교에 입학한다. 같은 시기 경찰학교를 다닌 진영인(양조위)은 상부의 지시로 범죄 조직의 스파이로 잠입한다. 엇갈린 운명 속에서 서로의 정체를 알아차리지만 진영인의 죽음으로 모든 진실은 묻힌다. 살아남은 유건명은 어떤 인생을 살게 되는가. 3편에서 유건명은 자신의 목에 총을 쏘지만 결국 살아남는다.

3편의 영화 마지막에는 불경에 써 있는 무간도에 대한 이야기가 나온다. "부처가 말하길, 무간지옥에 들어가면 영원히 죽지 않으며 그 영생이 무간지옥의 가장 큰 고통이다." "무간에는 세 가지가 있다. 시무간, 공무간, 업보를 치르는 무간. 죄를 지은 자는 무간에서 영원히 고통받는다." "지장보살 본원경 권상 : 이런 자는 무간지옥에 떨어져서 천만억겁 동안 고통받게 될 것이며 영원히 무간지옥에서 나오지 못할 것이다."

결국 죽지 않고 살아남아 자신의 죗값을 치르는 유

건명을 통해 영화의 주제를 이야기하고 싶었을까. 영화 초반에 양조위와 유덕화가 만나는 음향기기 상점에서 흘러나오던, 그리고 세 영화의 엔딩에 흐르던 채금의 〈잊혀진 세월〉이 인상적이다.

이 영화는 2006년 마틴 스코세이지 감독이 리어나도 디캐프리오와 맷 데이먼을 주연으로 할리우드식으로 리메이크했는데, 2007년 아카데미 영화제에서 작품상, 감독상, 각색상, 편집상을 받았다(마지막 장면의 난간의 쥐는 조금 과했다는 생각이 든다). 할리우드 버전도 완성도 높고 재미있었지만 원작 자체가 워낙 뛰어난 걸작이었다. 네이버 리뷰 중 "〈영웅본색〉이 홍콩 누아르의 시작을 알렸다면 〈무간도〉는 홍콩 누아르의 완성이다"라는 평이 있는데, 그 말에 절절히 공감한다. 나아가 홍콩 영화의 '화양연화'가 이 영화를 마지막으로 저물었던 것이 아닐까라는 생각이 든다.

1990년대 초반 신도시 분당으로 이사를 가면서 동네 친구가 없었다. 당시 분당이라는 도시가 그러했다. 새로 조성된 동네였기에 동네 자체에 역사가 없었으니까. 지금은 사라진 '방위'로 군복무를 하면서 비로소 동네 친구가 생기게 되었다. 타지에서 분당으로 이사를 온 친구들이 동네에 위치한 부대에서 군생활을 하면서 동네 친구라는 관계를 맺게 된 것인데, 그런 면에서 방위는 나에게 그 의미가 크다(군대생활이야 뭐 똑같겠지만). 운전병으로 복무하면서 본부중대 동기들이 친구가 되었는데, 여전히 그들은 나의 '동네 베프'다. 이른바 '소집 해제'(방위는 '제대'라는 말을 쓰지 않았다)를 한 이후에도 매주 그 친구들과 모여 술 한잔하면서 동네 한편에서 놀았다. 그러다가 어느 날 친구들과 술을 마시면서 장국영의 음악을 들었다. 〈당년정〉, 〈분향미래일자〉를 크게 틀어놓고 '남자들의 우정'을 외치며 거나하게 취했던 기억이 난다.

이제는 나이가 들어 삶과 일상에 치여 가끔 얼굴을 맞대며 술 한잔하지만 그때가 여전히 생각난다. 취사병으로 복무하던 친구는 2000년대 초반 미국으로 이민을 갔다. 그리고 2003년 4월 1일 장국영은 홀연히 세상을 등졌다. 만우절에 거짓말같이. 4월이 되면 친구들과 모여 〈당년정〉과 〈분향미래일자〉를 듣는다. 우리만의 조촐한 추모식이다. 그리고 '남자들의 우정'을 '조용히' 외친다(나이가 들었다).

홍콩이 중국에 반환되면서 과거 홍콩 영화의 '멋진'

분위기는 찾기 어려워졌다(시대가 변했다). 이렇게 우리의 홍콩 영화 연대기가 인생 속에서 흘러간다.

사람과 사람 사이의 거리를 찾아가는 과정

2021년 드디어 〈에반게리온〉이 완결되었다. 1995년 10월 일본에서 TV판으로 방영되기 시작하여 중간에 영화로 공개했으니 26년의 대장정이다. 일본 애니메이션은 미야자키 하야오의 작품을 최고로 치고 있었는데, 1990년대 말 이른바 '삐자' 비디오로 구해서 본 26부작의 〈에반게리온〉 시리즈는 큰 충격으로 다가왔다.

기본적인 로봇 애니메이션의 스토리 구조는 과거에 본 〈마징가 Z〉나 〈그레이트 마징가〉, 〈그랜다이저〉 등의 로봇 애니메이션과 비슷했지만 등장인물이 새로웠다. 과거의 주인공이 항상 강인하고 긍정적이고 아파도 아프지 않다고 하는, 이른바 완벽하고 건전한 영웅의 면모를 보여주었다면, 〈에반게리온〉의 등장인물은 모두 자기만의 '결락'이 있는 불완전한, 어떻게 보면 지금을 사는 우리의 모습이나 다름없었다. 항상 주인공은 완벽했는데, 왜 이 주인공은 이렇게 '고구마'란 말인가.

가까운 미래, 인류는 세컨드 임팩트로 인해 지구가 파괴되어 새로운 도시에서 새로운 삶을 시작하게 된다. 세컨드 임팩트를 일으킨 사도에 대응하고자 네르프라는 조직을 결성하고 여기서 에반게리온이라는 생명체와 기계가 결합된 거대한 인조인간 같은 로봇 병기가 탄생한다. 클래식한 로봇 애니메이션의 설정을 보여주는데, 인간이 로봇에 탑승한다. 한 가지 제한이 있다면 전원 케이블을 꽂아야 한다는 것이다. 충전기 기능이 별로인지 케이블이 빠지면 5분간만 작동한다(그래도 항상 이긴다).

주인공 신지는 초호기에 탑승하는데, 어머니가 죽은 이후 네르프 총책임자인 아버지와 갈등 상황에 있다. 사도가 공격하고 에반게리온이 이를 물리친다는 기본적인 줄거리보다는 인간과 인간의 문제를 더 심도 있게 다룬다. 결국 서드 임팩트가 발생한다. 그 이후의 이야기는 TV판과 극장판이 판본에 따라 다르다(결국 다 봐야 한다).

TV판이 좀 두루뭉술하게 끝나는 바람에 극장판을 기대하면서 개봉을 기다렸는데, 결국 지난해 대미를 장식했다. 특히 지난 15년간 리부트되어 신극장판으로 제작된 〈에반게리온 : 서〉(2007), 〈에반게리온 : 파〉(2009), 〈에반게리온 : Q〉(2012)가 개봉된 이후 마지막 편을 공개하겠다고 안노 히데아키 감독이 공언한 후 10여 년이 지난 뒤로도 감감무소식이라 사실 별 기대를 안 하고 있었는데, 막상 그 마지막 편이 공개되자 감회가 새로웠다.

지금까지 〈에반게리온〉에 대해 단순한 로봇 애니메이션의 스토리를 제외한 이야기 안에 담긴 해석이 정말 넘쳐날 정도로 많았다. 어떻게 보면 자신만의 '개똥철학(좋게 이야기하면 '인생철학')'을 대입한 것이리라(나 또한 여기에 숟가락을 얹는다). 그렇다면 사람들은 자신의 '개똥철학'을 어떻게 형성할까. 혹자는 자신의 경험을 통해 얻는 교훈을 바탕으로 할 것이고, 혹자는 어른의 말씀이나 책을 통해서일 것이고, 혹자는 영화나 TV 등 여러 매체의 영향력에서일지도 모른다. 나는 '인생에서 벌어지는 기본적인 인간관계'에 대한 '개똥철학'을 〈에반게리온〉에서 얻었던 것 같다. 일반적으로 이 작품은 한 사람이 성장하는 성장통으로 이야기하기도 하는데, 개인적으로는 인간의 정체성과 인간 사이의 관계에 대한 이야기로 읽혔다.

마지막 편 개봉에 대한 '개인적인 기념'으로 다시 한 번 과거의 TV판을 정주행했다. 20여 년이 지난 지금 봐도 어색하지 않다. 형식적·기법적·내용적으로 이만한 애니메이션 작품이 없다고 생각할 정도로 잘 만들었다. 특히 애니메이션과 실사를 섞는 기법이나 이른바 특수촬영물 분위기의 영상 등 작품에 다양한 시도를 한 것도 흥미롭다. 사기스 시로의 음악도 정말 좋았는데, 과거 일본에 갈 일이 있으면 〈에반게리온〉의 OST는 보이는 대로 구해왔다. 주제곡이나 〈플라이 미 투 더 문〉, 〈날개를 주세요〉 등 주옥같은 음악을 맛깔나게 실었다.

2021년 공개한 마지막 편 〈신 에반게리온 극장판〉 마지막 장면은 지금의 우베신카와역을 배경으로 에반게리온의 등장인물이 모두 등장한다. 애니메이션 속 배경이 아니라 현재의 모습이다. 게다가 과거에 생각했던 사람들의 만남이 다 틀어졌다. 마치 지금까지 모든 에반게리온의 세계관이 한낱 꿈이었다고 이야기하는 것처럼. '이들도 성장한 것이구나'라는 생각이 들었다. 어떻게 보면 25년의 시간 동안 〈에반게리온〉이 변화한 것처럼 나 또한 성장하고 늙어가고 있으니 시간이 제일 무섭다는 생각이 든다. 결국 〈에반게리온〉은 내가 누구인지,

그리고 세상을 알아가면서 타인과 관계를 맺는 자라나는 청소년들의 성장기를 '있어 보이게' 엮었다고나 할까(일설에는 일본의 오타쿠들을 밖으로 끌어내려고 만들었다고도 한다. 이 또한 사회화의 문제니까).

지도에서 찾아보니 우베신카와역은 일본 혼슈 서쪽 끝에 위치해 있다. 왜 이 역이 등장했는지 조사해보니 에반게리온의 창시자인 안노 히데아키 감독의 고향인 우베시에 있는 곳이다. 결국 연어가 고향으로 돌아오듯 그 또한 4반세기가 지난 후에 자신의 고향, 자신이 성장기를 보낸 장소로 온 것이 아닐까 싶다. 결국 '내가 누구인지', '인간의 사회화'에 대한 우화를 이런 식으로 결말을 낸 것이리라.

1999년에 에반게리온에 대한 느낌을 혼자 끄적거린 적이 있다. 지금 다시 보니 완결된 에반게리온을 본 감상과 크게 다르지 않다(물론 당시에는 내가 성장하는 당사자였고 이제는 관계를 반추하는 나이가 되었기에 조금 달라지기는 했겠지만). 내용은 다음과 같다.

'AT 필드'

〈엔드 오브 에반게리온〉을 다시 보았다. 그냥 죽 한 번

훑어본 것이었는데, 이번에는 거기에 나오는 단어들과 그 의미에 대해서 조금 알 것 같은 기분이 든다.
이 만화는 내가 일본에 갔을 때 처음 보았는데, 물론 당시에는 내용은 하나도 이해하지 못하고 그림만 보았다. TV판은 처음에는 마징가류의 만화로 시작했는데, 뒤로 갈수록 인간의 자아 문제로 철학화되었다. TV판은 문제를 해결하지 못한 채 끝났고 급기야는 극장판으로 완결된 것이다.
이 만화 내용은 아마도 대부분 알 것이다. '제레'는 사도와의 싸움을 끝내고 마지막 계획인 '인류 보완 계획'을 시도한다. 이때 에바가 필요하게 되는데 네르프는 이를 거부하고 자위대에 의한 강제 네르프 점령에 들어간다. 이에 네르프는 속수무책으로 당하고 등장인물은 하나둘씩 죽어간다. 에바 2호기에 탑승한 아스카가 각성하고 자위대를 무찌른다. 하지만 에바 시리즈가 등장하면서 이야기는 점점 꼬이기 시작하는데……. 초호기의 신지는 에바 초호기의 폭주로 탑승하기는 하지만 2호기의 참혹함을 보고 절규한다. 초호기가 폭주하려고 할 때 달에서 롱기누스의 창이 다시 날아오면서 인류 보완 계획은 실행에 들어간다…….

이 이야기는 두 개의 이야기로 구성되어 있는데, TV판의 연장 형식으로 되어 있다. 1부는 주로 현실의 이야기를 나누고, 2부는 내면의 이야기를 그리고 있다. 나는 그렇게 보고 있다. 그렇지 않다고 하는 사람이 있을 것이라고 생각하지만.

자막판을 보고서도 여전히 이야기를 이해할 수 없었다. 물론 나의 이해력에 문제가 있다고 생각하지만……. 결국 이번에는 단어의 의미를 내 방식으로 생각했다. 어려운 말을 쉽게 다시 한번 돌려 생각하면서 말이다.

〈에반게리온〉 내용 중에 매우 중요한 단어가 하나 있다. 바로 'AT 필드'다. 과연 이것이 무엇일까를 생각해보았는데, 사실은 매우 간단한 의미라고 여겨진다. 바로 '인간의 자아'인 것이다. 인류 보완 계획에서 보면 AT 필드와 안티 AT 필드가 접합하게 되고 그것의 수치가 임계점 밑으로 떨어지면서 인간의 형체는 사라지게 된다. 즉 AT 필드는 바로 우리 인간 형체를 지닌 실존 물체로서 존재할 수 있게 하는 것이고 바로 각각의 인간의 에고인 것이다. AT 필드가 없어지면서 인간은 형체를 잃고 타인과 나를 구분할 수 없어지는 것이다. 자아가 사라지고 형체가 사라지면 나와 남을 구별할 수 있는 기준이 사라지고, 그로 인해 나와 타인이 함께 공존할 수 있다는 것이며, 그것은 바로 나와 너는 하나라는 뜻이 되는 것이니까. 서양철학에서 '나'와 '세계'를 인식하는 방식이 바로 〈에반게리온〉의 주제라고 여겨진다. 우리는 기본적으로 남을 이해할 수 없다. 우리가 남의 마음속으로 들어갈 수 없기 때문에. 우리는 남을 안다고 생각하지만 그것은 그의 말과 행동 표정으로 유추하는 데 지나지 않는다. 남이 화장실에 가고 싶다고 이야기할 때 우리는 그가 진짜로 화장실에 가고 싶은지 알 수 없다. 그의 표정 등을 보고 유추하는 것이다. 그가 화장실에 가서 담배만 피우고 올지는 알 수 없다(당시에는 화장실에서 담배를 피울 수 있었다). AT 필드는 바로 그것이다. 나와 타인을 구분하는 것, 타인에게서 나를 지켜주고 방어하는 것. 그것이다. 마지막에 신지는 그래도 인간의 형체를 갖고 살기를 원한다. 그것은 곧 타인과의 구분을 원하는 것이다. 그러면 다시 AT 필드가 되살아나는 것이다. 유이가 그것을 원하느냐고 묻고 신지는 그렇다고 대답한다. 그리고 그런 세상의 의미를 찬찬히 생각해보겠다고 한다. 그래서 이 이야기는 기본적으로 희망적이다. 물론 친절하게 레이와 카오루의 입을 통해 '희망'이란 말을 직접적으로 하기도 한다. 이 이야기는 우리의 자아와 대화의 단절에 의한 인간의 고립감에 대한 하나의 우화allegory라는 생각이 든다. 사도와 에바, AT 필드는 우리의 모습과 다름없다.

얼마 전 한 친구와 이야기를 하고 있었는데, 그 친구가 "너는 사람들과의 관계에서 간혹 냉소적이 된다"고 말했다. 나의 AT 필드를 생각해볼 때 타인에 대한 그런 냉소적인 태도는 바로 타인에 대한 두려움 때문이다. 내가 타인에게 접근했는데, 그 사람은 나에게 그 정도의 접근을 하지 않았을 때의 두려움. 그것이 나를 냉소적으로 만드는 것이다. 신지는 이런 두려움 때문에 점점 자기 내면으로 들어간 것이고 나는 냉소적이 되는 것이다. 그러면 과연 나는 이런 AT 필드 때문에 인류의 보완을 원하는가? 그것은 살아가면서 천천히 생각해볼 문제다.(1999.03)

완결된 지 25년이 지난 지금 나는 인류의 보완을 원하는가? 성장기를 넘어 나이들어가는 지금도 답을 찾지 못하고 있다. 아마 이것이 인간이라는 존재가 아닐까 싶다.

완전히 새로운 세계

몇 년 전 여행을 간 런던에서 내셔널갤러리 주변을 어슬렁거리다가 광고판을 하나 보았다. 바로 뮤지컬 〈알라딘〉이 웨스트엔드의 프린스 에드워드 극장에서 개막했다는 것이다! "앗, 드디어 〈알라딘〉이 런던에서도 공연하는구나!" 함께 여행을 간 지인을 꼬드겨 그날 저녁 공연표를 예매했다. 이 뮤지컬은 2011년 미국에서 먼저 시작되었는데, 드디어 런던에서도 공연이 시작된 것이다. 개인적으로 월트디즈니 애니메이션을 좋아하는데(뭐, 모든 장르를 다 좋아하는군), 그중 1980년대 말부터 1990년대 초반까지 제작된 애니메이션 〈인어공주〉, 〈미녀와 야수〉, 〈알라딘〉, 〈라이언 킹〉 등은 정말 좋아하는지라(그중 〈알라딘〉을 가장 좋아한다!) 뮤지컬로 각색된 〈알라딘〉은 꼭 봐야겠다는 생각을 하고 있었다. 그날 저녁에 본 뮤지컬은 애니메이션 〈알라딘〉과는 색다른 느낌이었다. 기존 음악에 좀더 새로운 음악이 추가되었고 〈어 홀 뉴 월드〉를 부를 때 구름을 타고 하늘을 나는 장면도 멋졌고.

한때 세계 제일의 명성을 떨쳤던 월트디즈니 애니메이션은 1970년대와 1980년대를 지나면서 침체기에 빠졌다. 생각해보면 이 시기의 애니메이션 작품은 기억나는 것이 거의 없다. 〈백설공주〉, 〈신데렐라〉, 〈피터 팬〉, 〈잠자는 숲속의 미녀〉 등은 모두 1960년대 이전 작품이다.

이런 상황에서 절치부심, 와신상담의 노력 끝에 디즈니 애니메이션의 부활을 알린 작품이 바로 1989년에 미국에서 개봉한 〈인어공주〉였다. 당시에는 전 세계 동시 개봉이 힘들던 시기인지라 우리나라에서는 1991년 겨울에 개봉되었다. 당시 이런 일은 비일비재했다. 영화잡지 등에서 1989년부터 〈인어공주〉에 대한 소개와 '월트디즈니 애니메이션의 부활'이라는 호들갑스러운 찬사가 있었기에 꽤 궁금했다. 미국에서 공수받은 〈인어공주〉의 OST CD를 먼저 입수한 것이 그나마 궁금증을 풀 수 있는 실마리였다고 할까. 하지만 음악만으로는 궁금증이 풀리지 않았다.

1991년 겨울에 드디어 국내 개봉이 확정되었다. 개봉 즈음 영화 잡지에서 〈인어공주〉 시사회 표를 보내주는 이벤트를 했는데, 응모했다가 덜컥 당첨되었다. 그러나 고3 학력고사(그렇다. 나는 학력고사를 본 거의 마지막 세대다)를 얼마 남겨두지 않은 시점이었기 때문에 눈물을 머금고 포기했다. 시험을 본 후 홀가분하게 롯데월드 시네마로 달려가 〈인어공주〉를 보았다.

음악만 듣고서는 몰랐던 세계가 그곳에 있었다. 동화 『인어공주』를 모를 리 없었지만 애니메이션으로 구현된 판타스틱하고 아기자기한 동화의 세계는 흥미로웠다. TV에서 〈미키마우스〉나 〈도널드 덕〉만 보았던(이 역시 매우 좋아했지만) 나에게는 새로운 세계였다. 그림체는 〈백설공주〉 〈신데렐라〉 등 과거 전통적인 디즈니 애니메이션과 비슷했지만 좀더 경쾌해졌다. 새로운 등장인물인 세바스찬이나 플라운더, 갈매기인 스커틀 등의 코믹 연기도 좋았다. 원작은 슬픈 내용인데, 디즈니답게 해피 엔딩으로 끝나 영화관을 나설 때 행복하게 해줘서 좋았다. 이것이 바로 디즈니의 미덕이 아니겠는가.

〈인어공주〉 이후 거의 매년 디즈니 애니메이션이 개봉되었다. 1992년에 개봉한 〈미녀와 야수〉는 2D 애니메이션과 컴퓨터 그래픽을 이용한 공간감 구현으로 주목을 끌었다. 물론 내용과 음악 자체도 흠잡을 데가 없었다. 2000년대 중반 LG 아트센터에서 뮤지컬 〈미녀와 야수〉를 상연했는데, 마지막에 야수에서 왕자로 변신했을 때 큰 변화가 없어서 웃음을 준 것이 기억난다. 이후 1993년에는 〈알라딘〉이, 1994년에는 〈라이언 킹〉이 개봉되었다.

〈인어공주〉, 〈미녀와 야수〉, 〈알라딘〉까지 작곡가 앨런 멩컨과 작사가 하워드 애시먼이 콤비를 이루어 주옥같은 음악을 만들었는데, 하워드 애시먼이 〈알라딘〉 작업 중 에이즈로 세상을 떠나면서 이후에는 다른 작사가들과 협업했다. 이들 콤비가 만든 디즈니 애니메이션 세 편이 가장 걸작이라고 할 수 있다. 물론 엘튼 존과 팀 라이스가 팀을 이루어 제작한 〈라이언 킹〉도 큰 인기를 끌었지만 디즈니 애니메이션을 새로이 부흥하고 가장 최적화된 음악을 만든 인물이라면 이 두 명을 꼽을 수 있지 않을까 싶다.

〈알라딘〉은 아라비아 민화를 중심으로 구성된 설화집 『천일야화』 중 「알라딘과 요술램프」를 각색하여 디즈니 애니메이션화한 것이다. 램프의 요정 지니를 로빈 윌리엄스가 엄청난 목소리 연기로 보여주었는데, 정말 대단했다. 알라딘과 재스민 공주가 마법 양탄자를 타고 전 세계를 돌면서 부르는 〈어 홀 뉴 월드〉는 압권이었고.

이렇게 1990년대 뮤지컬을 접목한 애니메이션으로 중흥기를 누리던 월트디즈니 애니메이션은 1995년 또 하나의 역사를 썼다. 바로 디지털 애니메이션이 등장한 것이다! 기념비적인 작품 〈토이스토리 1〉이 개봉되면서 뮤지컬 애니메이션에서 디지털 애니메이션으로 급속도로 물갈이가 되었다. 2000년대에는 〈슈렉〉으로 대표되는 드림웍스와 월트디즈니의 디지털 애니메이션 경쟁으로 수준급의 디지털 애니메이션이 개봉되었고 이 추세는 최근까지 계속되고 있다. 하지만 개인적으로는 1990년대 뮤지컬 애니메이션이 여전히 디즈니 애니메이션의 넘버원이라고 생각한다.

최근 월트디즈니는 이런 애니메이션을 새로이 변주하기 시작했다. 애니메이션을 실사화하는 프로젝트가 그것이다. 〈신데렐라〉, 〈미녀와 야수〉, 〈라이언 킹〉, 〈정글북〉, 〈알라딘〉, 〈인어공주〉 등을 실사와 컴퓨터 그래픽으로 등장인물을 새로이 부활했다. 이 영화들도 나름 재미있게 보고 있다. 이 또한 기존 콘텐츠를 새로이 변주하는 이른바 '리부트'의 개념으로 생각해야 될 듯싶다. 앞으로 또 어떻게 이들을 변주할지 기대된다.

런던에서 뮤지컬 〈알라딘〉을 본 그 다음해에 다시 런던을 가게 되었다. 저녁 시간에 뭐 했냐고? 또다시 뮤지컬 〈알라딘〉을 보았다. 이번에는 남자 배우가 바뀌었는데, 그런 점이 영화가 아닌 공연의 특징이겠지. 지난해에 보았던 배우와는 또다른 연기가 색달랐다. 이런 현장성은 뮤지컬의 장점일 터다.

〈알라딘〉은 여전히 나의 최애 애니메이션이다. 그리고 그 변주들, 뮤지컬, 실사 영화까지 다양한 판본이 새로운 상상의 세계로 인도한다. 아마 디즈니 애니메이션이 시작한 상상력의 나비효과가 아닐까 생각해본다.

유토피아와 디스토피아

2022년 러시아가 우크라이나를 침공했다. 전쟁이 일어날지도 모른다는 뉴스를 접했을 때만 해도 '설마 그런 일이 지금 이 시대에 벌어질까'라고 안일하게 생각했다. 세상의 모든 소식이 생생하게 돌아다니는 시대에 이른바 1900년대 초반에 발생한 세계대전 방식의 전쟁이 발발하지는 않을 것이라고 말이다. '그래도 세상의 눈이 있는데……'라고 생각했는데, 아뿔싸! 결국 그런 말도 안 되는 일이 일어나고야 말았다.

2022년 초 러시아의 우크라이나 침공은 1939년 독일의 폴란드 침공과 같은 방식이었다고 한다. 80여 년 전에야 정보 통제가 쉽게 이루어질 수 있는 환경이었기에 가능했지만 지금처럼 모든 세상이 네트워킹으로 촘촘히 연결되었고 모든 사람이 사진, 영상을 촬영할 수 있어 정보마저 통제할 수 없는 시대에 어떻게 이런 일이 벌어지는지 솔직히 어안이 벙벙할 정도다.

이렇게 비현실적인 상황이 실제로 일어나는 것을 보고 있노라니 이런 비현실적인 감각이 느껴졌던 과거가 소환된다. 비현실적인 재난과 폭력을 의식하게 된 첫 사건은 2001년에 발생한 9·11테러였다. 당시 회사를 다니고 있을 때였는데, 늦은 여름 휴가의 마지막 날이었다. 출근 전날을 '기념'하여 맥주 한잔하고 집에 와서 TV를 켰다. 밤 9시가 조금 넘은 시간이었는데, 월드 트레이드센터 빌딩 두 동 모두 불에 타고 있었고 급박한 목소리로 뉴스를 전하는 앵커의 상기된 표정과 계속 반복하여 보여주는 비행기 충돌 장면은 짧은 시간 '어리벙벙'하게 만들었다. '영화인가? 진짜 사실적으로 만든 영화인걸?' TV 화면으로 전해지는 혼돈과 참혹함이 오히려 비현실적으로 보였기 때문이다. 그런데 실제 상황이었다! 이런 상황에서 빌딩이 무너졌다. '오 마이 갓.'

두번째는 10여 년이 지난 2011년. 일본에서 '동일본대지진'이 발생했다. 1995년에 발생한 고베대지진 같은 재난은 세상의 정보 네트워킹이 촘촘한 시절이 아닌지라 직접적이기보다는 뉴스로만 접해 현실감이 덜 했는데, 이제는 모든 사람의 SNS에 동시다발적으로 생생한 재난 상황이 중계되었다. 내가 알던 지인은 당시 일본 도쿄에 업무차 갔다가 페이스북으로 중계를 할 정도로 실시간으로 전해졌다. "지하철이 멈추었다" "식당에 들어갔는데, 지진으로 식탁 밑에 있다" 등등. 당시 이를 직접적으로 접하면서 세상의 재난이 멀지 않은 곳에 있다고 생각했다(실제로 멀지 않았다).

그리고 또다시 10년 뒤 이번에는 바이러스가 세상을 뒤덮었었다. 어찌 보면 좀비 장르 영화의 실제 상황과 다름없다. 〈12 몽키즈〉(1995), 〈나는 전설이다〉(2007), 〈컨테이젼〉(2011), 〈월드 워 Z〉(2013) 같은 영화를 보면 인간에게 치명적인 바이러스가 창궐하여 인간이 숨거나 병에 걸려 좀비가 되는 상황이 묘사된다. 이런 상황의 실제 버전이 발생한 것이다. 이는 앞에서 언급한 전쟁이나 테러, 지진 같은 국지적인 문제가 아니다. 전 세계적인, 이른바 팬데믹 상황으로 치닫는 것이다. 이런 상황은 지금 나에게 심각한 문제가 직접적으로 다가왔음을 의미했다.

할리우드 영화는 이런 재난이나 전쟁을 오락용으로 버무린 경우가 많았다. 작게는 화산 폭발이나 지진, 크게는 지구의 기후 변화나 유성이 지구에 충돌하는 경우까지 다양한 경우의 수가 등장했다. 내가 본 영화만 해도 꽤 많다. 화산 폭발의 경우에는 피어스 브로스넌이 주연한 〈단테스 피크〉, 토미 리 존스 주연의 〈볼케이노〉가 1997년 같은 해에 제작되었다. 1998년에는 유성이 지구를 덮치는 내용의 영화가 다수 등장했다. 브루스 윌리스 주연의 〈아마겟돈〉, 미미 레더가 감독한 〈딥 임팩트〉가 같은 시기에 제작되어 개봉되었다. 2020년대에는 〈돈룩 업〉과 〈문폴〉이 개봉되었다. 흥미로운 점은 이런 소재의 영화가 동시다발적으로 제작되는 일이 종종 벌어진다는 것이다. 사람들 생각이 다 똑같아서 그런 것일까, 정보를 공유하다보니 벌어지는 일일까 궁금해진다.

외계인 침공 영화 〈인디펜던스 데이〉(1996)로 대박을 친 롤란트 에머리히는 재난, 테러와 관련된 주제를 스펙터클하게 보여주는 영화를 주로 제작하는데, 지금까지 개봉된 영화만 봐도 꽤 많다. 〈인디펜던스 데이〉는 윈도 시스템으로 외계인을 이긴다는 신박한 콘셉트인데, 허버트 조지 웰스의 『우주전쟁』도 지구의 바이러스로 외계인을 이기는 내용이니 비슷하면 비슷할 수도 있다(이 소설을 각색한 영화도 꽤 많다). 2004년에 개봉한 〈투

모로우〉는 빙하가 지구를 덮는다는 내용이고, 2009년에 개봉한 〈2012〉는 마야력으로 2012년에 세계가 멸망할 것이라는 예언을 할리우드식으로 그려냈다. 2022년에는 스케일이 더 커져 달이 지구로 떨어지는 〈문폴〉이 개봉되었다. 재난 관련한 영화 외에도 테러 관련한 영화도 나왔는데, 2013년에 채닝 테이텀과 제이미 폭스가 주연한 백악관 테러리스트 습격 영화 〈화이트 하우스 다운〉이다. 같은 해에 제라드 버틀러 주연의 〈백악관 최후의 날〉이 개봉되어 동시다발적 제작 영화의 궤를 같이했다. 제라드 버틀러는 이후에 아예 전 세계 도시를 쑥대밭으로 만드는 테러 영화 시리즈 〈런던 해즈 폴른〉(2016), 〈엔젤 해즈 폴른〉(2019)에 잇따라 출연하기도 했다.

최근의 재난 영화는 스펙터클한 보여주기식에서 한 단계 더 나아가 현실 풍자를 보여준다. 바로 리어나도 디캐프리오와 제니퍼 로런스 등이 출연한 〈돈 룩 업〉(2021)이다. 지구에 떨어지는 운석에 대비하는 과정을 과거 〈아마겟돈〉이나 〈딥 임팩트〉가 인간 극복에 초점을 맞추었다면, 이 영화는 이런 재난에 대응하는 인간들의 방식, 입장 등을 풍자한다(결국에는 인류의 멸망으로 소급되지만).

이처럼 재난과 폭력을 그리는 영화는 꾸준히 소개되었다. 이와 함께 1990년대 말에는 세기말의 풍경, 즉 디스토피아의 풍경을 보여주는 영화가 많았다. 〈매트릭스〉가 대표적인 영화가 아닐까 싶다. 개봉 시점도 1999년. 절묘하다. 처음 이 영화를 봤을 때 꽤 충격적이었다. 프랑스의 사회학자 겸 철학자인 장 보드리야르의 시뮐라시옹과 시뮐라크르 담론, 이미지와 실재에 대한 우리의 인식에 대해 문제 제기를 하면서도 일본의 애니메이션과 SF적인 느낌을 잘 살렸기 때문이다. 특히 허상의 세계가 우리가 지금 살고 있는 세상이고 원래는 기계가 인류를 지배하는 디스토피아적인 세계관을 기가 막히게 구현해냈다. 360도 회전 영상이나 액션도 멋있고(20여 년이 지난 후 개봉한 새로운 후속편에서 이들을 모두 게임이라는 설정으로 풀어낸 것은 조금 아쉬웠지만).

세기말적인 디스토피아 풍경은 과거의 영화에도 종종 등장했다. 어렸을 때 본 〈미래소년 코난〉 또한 디스토피아의 세계를 건드린 명작 애니메이션이었다(어렸을 때는 아무 생각이 없었지만). 조지 오웰이 쓴 디스토피아 소설 역작 『1984』는 몇 번이나 영화로 제작되었다(그중에는 1984년에 개봉한 〈1984〉도 있다). '여인의 음모'라는 이상한 한글 제목이 붙은 테리 길리엄 감독의 걸작 〈브라질〉(1985)도 기본적으로 『1984』의 스토리를 담고 있다. 테리 길리엄은 〈12 몽키즈〉도 감독했는데, 디스토피아적 풍경과 바이러스가 결합된 암울한 세계의 모습을 잘 보여주었다.

앞에서도 언급했지만 바이러스가 휩쓴 디스토피아의 풍경 속 좀비의 세계를 다룬 영화도 심심찮게 등장했다. 현재 우리에게 익숙한 좀비 개념은 리처드 매드슨이 1954년에 발표한 소설 『나는 전설이다』에서 많은 영향을 받았다(책에서는 좀비가 아닌 흡혈귀고 박테리아의 확산으로 이런 증상이 발현한다). 조지 A. 로메로 감독의 〈살아있는 시체들의 밤〉(1968) 이후 이 좀비들은 꾸준히 스크린을 채웠다. 『나는 전설이다』는 영화로도 몇 번 제작되었는데, 초기에 찰턴 헤스턴의 〈오메가 맨〉(1971)은 이후에 제작된 윌 스미스 주연의 영화보다 원작에 충실하면서도 재미있었던 것으로 기억한다.

이런 디스토피아적 상상력을 보여주는 영화를 통해 우리는 무엇을 배울 수 있을까. 사실 유토피아와 디스토피아는 이 세상에 아직 존재하지 않는다는 점에서 어떻게 보면 거울의 양면과도 같다. 오히려 이런 풍경을 통해

더 큰 희망을 찾아가고자 하는 의지를 보여주는 것이 아닐까. 1933년 제임스 힐턴이 쓴 소설 『잃어버린 지평선』은 1937년과 1973년에 영화로 제작되었다. 프랭크 캐프라가 만든 흑백의 동명 영화를 보면서 샹그릴라에 대한, 유토피아에 대한 꿈을 키울 수 있었다(제목만 '이상향'의 의미를 가진 〈제너두〉(1980)라는 영화도 있지만 음악 뮤지컬이었다는 점이 함정).

개인적으로는 세상이 더 나은 세상을 향해 나아간다고 믿는다. 이제는 1000년대의 세기가 지나고 2000년대의 시대로 접어들었다. 세기말의 암울한 기운은 떨쳐버리고 새로운 희망의 미래로 나아가야 할 때다. 그러나 여전히 세계 곳곳에서는 전쟁이 벌어지고 있고 재난이 발생한다. 그래서일까. 인간의 삶은 쳇바퀴를 도는 다람쥐처럼 여전히 같은 곳을 헤매고 있다. 결국 우리는 조지 오웰이 외쳤던 『1984』의 디스토피아로 나아가는가? 세기말의 풍경을 넘어서는 새로운 희망을, 존재하지는 않지만 그래서 더욱 바라는, 조화로운 유토피아로 나아가는 꿈을 계속 꾸었으면 좋겠다. 피스!

영화와 여행, 그 편린들

어렸을 때부터 좋아하는 '놀이' 중 하나는 지도 보기였다(놀이라고 부를 수 있는지는 잘 모르겠지만). 지금이야 세계 지도를 포털 사이트를 통해 쉽게 접할 수 있지만 과거에는 (역시나) 쉽지 않았다. 〈내셔널 지오그래픽〉을 꽤 오랫동안 구독했는데, 가끔 전 세계나 해당 호와 관련된 지역의 지도를 부록으로 주곤 했다. 그 지도를 벽에 붙여놓고 심심하면 지도를 보았다. 또하나는 학교 교재인 『사회과부도』였다. 여기에는 지도와 함께 다양한 자료가 이른바 다이어그램 형식으로 소개되었는데, 역사 속에서 어떻게 국가가 탄생하고 쇠망하는지, 어떤 나라에 인구가 몇인지 등의 자료를 보고 있노라면 시간 가는 줄 몰랐다. 아, 그리고 자동차에 넣어두던 도로교통 지도책도 좋아했다. 아버지가 매년 자동차 보험을 갱신하면 보험상담원이 선물로 업데이트된 지도책을 선물로 주곤 했다. 지금은 내비게이션을 켜놓고 운전하면 되지만 과거에는 오로지 표지판과 운전석 옆에 꽂아둔 지도책에 의존하여 목적지를 찾아가야 했다. 아마 여행을 좋아하게 된 데는 이런 지도 보기의 영향도 있었으리라.

여행지를 계획할 때 즉흥적으로 결정할 때도 있지만 영화가 큰 요인이 되었다. 영화를 볼 때 어떤 장소가 나오면 그 장소에 가고 싶었다. 그 기준이 어떤 것인지 구체적으로 이야기하기는 힘들지만. 어쨌든 다양한 감정과 호기심이 섞여 여행의 목적지를 결정했던 것 같다. 영화와 관련된 여행의 경우에는 영화 내용적으로서의 배경을 찾거나 영화 촬영지를 찾을 때가 잦았던 듯하다. 이 장은 이렇게 찾아간 몇 군데의 여행지에 대한 이야기다.

역시나 '인디아나 존스' 시리즈를 빼놓을 수 없다. 1편 〈레이더스〉에서는 인디아나 존스가 네팔에서 매리온과 재회한 후 그녀와 함께 카이로로 향한다. 이집트의 카이로라고 하면 근처에 피라미드가 모여 있는 고고학의 성지聖地. 아마 이 영화가 고고학과 관련되어 있음을 알려주고자 그러지 않았을까 싶다(영화는 실제 카이로가 아닌 튀니지에 위치한 카이로우안에서 촬영했다). 고고학도로서 카이로와 피라미드는 일종의 성지다. 카이로의 구도심부터 외곽까지 찬찬히 둘러보고 기자와 멤피스, 사카라의 피라미드를 찾아다녔다. 피라미드의 돌 위에 손을 얹었을 때의 감동이란!

이후 요르단의 페트라를 찾았다(이곳에 대한 설명은 앞에서 했으니 생략). 좁다란 바위 통로인 시크를 한참 들어가면 3편 〈인디아나 존스와 최후의 성전〉에 등장한 성배의 사원이 갑자기 눈앞을 가로막는다. 거대한 바위 절벽을 깎아 만든 알카즈네다. 입구 뒤로 깊은 통로라도 있을까 싶어 앞에서 유심히 봤지만 단순히 커다란 방이었다. 양옆으로 작은 방이 뚫려 있었다. 안쪽으로 성배의 방으로 통하는 통로가 있었으면 좋았겠지만, 보물 창고라는 의미답게 거대한 창고 형태였다, 아쉽게도. 페트라는 영화 〈트랜스포머 : 패자의 역습〉에도 잠깐 나왔다. 여기에서는 페트라의 꼭대기 쪽에 위치한 수도원이라는 의미의 앗데이르가 등장했다.

가장 흥미로웠던 곳은 튀르키예 남부의 안타키아였다. 하타이주의 주도인 이곳은 로마시대 이후 큰 발전을 이룬, 예루살렘과 함께 기독교도의 본거지였다. 이후 11세기 말 십자군전쟁으로 유명해졌고 13세기 이후 이슬람교도가 장악하면서 쇠락했다. 〈인디아나 존스와 최후의 성전〉에서 도노번이 자동차를 선물하는 장면에 등장하는 하타이 공화국 배경이 바로 이곳이다. 영화와 함께 십자군전쟁에 관심이 있어 찾아간 안타키아의 첫인상은 아이러니하게도 '서부극'이었다. 길옆에 꾸며놓은 집 뒤편이 나무판자였던 과거 서부극 세트장과 비슷하게 쇠락한 도시는 비현실적인 세트장처럼 보였다. 여기서 다시 카파도키아로 넘어갈 때 마커스와 살라가 만나는 이스켄드룬을 거쳐가는데, 이 또한 약간 마음이 두근대던 경험이었다. 역사와 허구가 뒤섞여 있는 '인디아나 존스-고고학' 관련 여행을 통해 꽤 여러 번 가슴 설레는 경험을 할 수 있었다.

대학생 때 미국으로 이른바 '어학연수'를 갔다. 짧은 방학 기간 동안 늘면 얼마나 늘겠냐마는 많은 학생이 어학연수를 떠났다(나름 유행이었다). 필라델피아에 있는 기관으로 갔는데, 영어보다는 그곳의 미술관을 꽤 기대했다. 미술 작품도 작품이지만 록키가 뛰어올라간 그곳이 아닌가 말이다! 필라델피아 미술관은 내가 머물던 숙소에서 걸어갈 수 있었다. 미술관 옆을 흐르는 스쿨길강이 꽁꽁 얼 정도로 추운 겨울날 영화를 본 사람으로서

미술관 계단을 뛰어올라갔는데(주변에도 꽤 많은 사람이 계단을 뛰어오르고 있었다), 계단 꼭대기에는 록키 역을 맡았던 실베스터 스탤론의 풋 프린트가 설치되어 있었다(생각보다는 발이 작았다).

그 밖에도 필라델피아는 피터 위어가 감독하고 해리슨 포드가 아카데미 남우주연상에 노미네이트되었던 〈위트니스〉(1985)의 배경이었고 M. 나이트 시아말란 감독은 아예 필라델피아를 주 무대로 하여 영화를 계속 찍기도 했다. 대부분의 영화를 시칠리아를 배경으로 찍은 주세페 토르나토레 감독과 비슷하다. 펜실베이니아대학 도서관을 들어갈 기회가 있었는데, 바로 그곳은 〈필라델피아〉(1993)에서 톰 행크스가 재판에 대비하여 공부를 했던 곳이다.

영화로 찾은 또다른 여행지는 뉴욕이다. 사실 뉴욕을 배경으로 제작된 영화는 〈공공의 적〉식으로 이야기하면 "사열종대 앉아번호로 연병장 두 바퀴를 꽉 채울" 정도로 많기에 하나하나 열거하기도 힘들다. 뉴욕을 배경으로 한 재미있는 영화는 너무나 많지만 그중에서도 〈해리가 샐리를 만났을 때〉(1989)는 뉴욕과 연결하여 가장 기억에 남는 영화다. 고등학생 때 개봉된 이 영화는 멕 라이언을 곧바로 또 한 명의 '책받침 여신'으로 등극시켰고(지금은 성형으로 매우 안타까운 상황이지만) 〈시애틀의 잠 못 이루는 밤〉(1993), 〈프렌치 키스〉(1995), 〈유브 갓 메일〉(1998), 〈케이트 앤 레오폴드〉(2001) 등으로 2000년대 초반까지 이른바 '로맨틱 코미디'의 여왕으로 한동안 그 위세가 장난이 아니었다. 〈해리가 샐리를 만났을 때〉는 개인적으로 스크루볼 코미디의 시초라 할 수 있는 프랭크 캐프라 감독, 클라크 게이블과 클로뎃 콜베르 주연의 〈어느 날 밤에 생긴 일〉(1934)과 쌍벽을 이루는 '로맨틱 코미디'의 걸작이라고 생각할 정도로 좋아하는 영화다.

시카고에서 뉴욕으로 오는 차를 함께 운전하며 온 해리와 샐리가 뉴욕에서 몇 년에 한 번씩 잠깐 만나다가 10여 년 뒤 본격적으로 이성 친구로 지내면서 결국 사랑에 빠진다는 전형적인 로맨틱 코미디 형식을 보여준다. 이 영화를 보고 당시 꽤 심각한 주제일 수도 있는, '과연 남성과 여성이 진정한 친구가 될 수 있다, 없다'라는 문제를 놓고 친구들과 열띤 토론을 벌였던 기억이 난다.

시간이 꽤 흐른 뒤 출장 겸 휴가로 뉴욕에 가게 되면서 〈해리가 샐리를 만났을 때〉 영화에 나온 여러 스폿을 둘러볼 수 있었다. 아니 도시를 돌아다니면 영화 속 그 풍경들을 자연스레 접할 수 있었다. 해리와 샐리가 뉴욕에서 서로의 미래를 응원하며 헤어진 워싱턴 스퀘어, 꿈에 대해 이야기하면서 걷는 센트럴 파크, 샐리의 '신음소리' 장면으로 유명한 음식점 카츠델리 등. 카츠델리에 가면 해리와 샐리가 앉았던 테이블을 표시해놓아 시간이 흘렀어도 영화의 유명세를 실감할 수 있었다(아무도 그 의자에 앉지는 않더군).

가장 인상 깊었던 곳은 해리와 샐리가 데이트 관련 대화를 나누었던 메트로폴리탄 뮤지엄이었다. 아스완댐 건설로 나일강의 수위가 올라가면서 이집트에서 기증받은 덴두르 신전을 '모셔둔' 전시장은 한 면을 채운 채광창과 넓은 공간으로 인해 성스러움이 부각되었고 신전이 있기에 부족함이 없었다. 전시실에 들어가는 순간 신전보다는 영화 장면이 떠올랐다는 점이 함정이지만.

영국은 단연 해리 포터의 세계다. 이곳은 동네 자체가 기본적인 판타지나 동화적인 분위기를 풍기는 곳이다. 왜 이곳에서 〈반지의 제왕〉이나 〈나니아 연대기〉가 제작되었는지 절로 고개가 끄덕여질 정도로 마법이나 판타지의 분위기가 자연스럽다(이곳에서 판타지 작품이 제작되어 오히려 이곳의 분위기에 익숙할 수도 있지만). 해리 포터는 1997년 첫번째 책 『해리포터와 마법사의 돌』이 출간된 후 1년에 한 권씩 출간되었는데, 그 과정에서 2001년에 첫 영화가 개봉되었다. 책을 읽고 영화를 보았기 때문에 처음 보았을 때는 책을 어떻게 개작했는지를 눈여겨보았는데, 책과 마찬가지로 내용보다는 배우나 배경 등에 좀더 집중한 느낌이라고 할까. 크리스 콜럼버스가 2편까지 감독한 후 알폰소 쿠아론이 감독을 맡은 3편부터 해리 포터의 분위기를 잘 잡아나간 듯하다. 영화도 책처럼 1년에 한 편씩 나왔는데, 마지막 7편은 이른바 분책처럼 파트 1, 2로 나누어 흥행의 극대화를 꾀했다. 내용적으로 자세히 서술할 수는 있었지만 한 편으로 나오지 않은 점이 조금 아쉽다.

런던에서 6개월 정도 체류한 적이 있었는데, 킹스크로스역 근처에서 지냈다. 그 역을 오가면서 '해리 포터가 호그와트로 가는 역이구나'라고 살짝 감동했는데, 이 참에 해리 포터 관련 여행을 다녀보기로 했다. 옥스포드 대학에 놀러 가서 호그와트 학생식당의 모델이 되었다는 실제 식당을 둘러보기도 하고 해리 포터 일행이 어둠을 먹는 자들을 피해 도망친 피카딜리 광장 주변을 헤매기도 했다(피카딜리 광장 주변은 워낙 많은 영화의 배경이 되었다). 하이라이트는 스코틀랜드의 에딘버러였다. 킹스크로스역에서 기차를 타고 4시간 30분을 달리면 에딘버러 중앙역에 도착한다. 흡사 해리 포터 일행이 킹스크로스 9와 4분의 3 플랫폼에서 호그와트로 가는 듯한 기분이 드는 여정이다.

어쨌든 런던은 런던 시내를 중심으로 방향에 따라 출발하는 역이 다르다. 패딩턴, 메릴본, 세인트 판크라스, 킹스크로스, 빅토리아 역 등이 있는데, 북쪽으로 가는 기차는 킹스크로스역에서 타야 된다. 우리가 경부선은 서울역, 호남선은 용산, 강릉선은 청량리역에서 타는 것과 비슷하다(에딘버러역은 〈어벤져스 : 인피니티 워〉에도 등장했다).

에딘버러는 이른바 해리 포터의 탄생지다. 조앤 K. 롤링이 카페에서 글을 썼다는 이야기는 꽤 유명하다. 특히 1편 마지막 부분에 체스 장면이 나오는데, 스코틀랜드국립박물관에 12세기 말경 노르웨이에서 제작된 '루이스 체스 구성품'이 전시되어 있어 '아, 여기에서 영감을 받았구나'라는 생각이 들었다. 영화는 2001년부터 시작하여 2011년 막을 내렸다. 얼마 전 20주년 기념으로 리유니언 다큐멘터리가 방송되었는데, 감회가 새로웠다. 실제로 배우들이 이 영화를 통해 10년간 성장한 것이다. 물론 나는 10년 동안 늙었고.

그러고 보니 지금은 상상조차 되지 않지만 10여 년 전만 해도 스마트폰은 대중화되지 않았다. 여러 나라를 여행할 때면 배낭에 그 나라에 대한 『론리플래닛』을 몇 권씩 넣고 필요한 정보를 그때그때 꺼내 보았다. 한 나라를 둘러보고 떠날 때는 마지막 숙소에 그 책을 놓고 나왔다(다른 사람들에게 도움이 될 수도 있고 짐도 줄이고 일석이조다). 해외 민박 같은 곳에는 사람들이 모이는 응접실에 정보를 공유할 수 있는 노트가 마련되어 있어서 다른 여행자들에게 도움이 될 만한 정보를 남겼다(꽤 많은 도움을 받았다). 여행의 낭만이라고도 하겠지만 사실 꽤 불편한 시대이기도 했다.

몇 년 뒤 스마트폰이 나온 뒤로는 이런 모든 것이 변했다. 모든 티켓과 숙소 예약부터 정보 수집을 한 번에 해결할 수 있으니까. 지도책도 마찬가지다. 시대가 변해 구글 맵이나 구글 어스가 나왔을 때는 정말 밤을 새워가면서 둘러보았다. 내가 여행을 갔던 곳을 볼 때는 그 기억이 오롯이 소환되었다. 내가 가고 싶은 곳이나 영화에 등장했던 장소를 이런 지도 프로그램으로 찾아보는 일도 너무나 즐겁다.

그러나 실제로 여행을 다니기 시작한 이후로는 결국 내가 그 장소에 직접 발을 디뎠을 때가 가장 즐겁다. 내가 보고 느낀 것과 실제 그 장소에 있을 때 '내가 정말로 이 지구 위의 문명 속에서 살아가고 있구나'라고, 그 살아 있는 느낌이 좋다. 이제 코로나19 팬데믹 시기가 지나고 엔데믹이라는 이름으로 코로나19 이전의 생활을 찾아가고 있다. 집안 한켠에 쑤셔넣어놨던 여행 장비를 찾아서 먼지를 털고, 새로운 여행 준비를 시작한다. 물론 영화와 관련된 여행지 목록도 차근차근 채워가고 있다.

“
세계 영화관 ‘순례’
”

지금까지 운 좋게도 세계의 여러 곳을 여행할 수 있었다. 휴식을 위한 여행도 있었지만 하고 있는 일이 그런지라 (글을 쓰고 기획하는) 대부분의 여행은 기획과 콘텐츠에 신경을 쓰면서 돌아다녔다. 이집트, 튀르키예, 그리스 등 지중해 주변이나 영국, 미국, 이탈리아 따위를 돌아다니면서 주로 예술 스폿과 고고학적 유적 등을 쫓아다녔다. 그 와중에 개인적인 흥미로 찾아다닌 곳이 있었는데, 바로 영화관이었다. 매주 예배당을 찾듯이 거의 주말마다 극장을 찾는지라 여행을 가서도 그 지역의 극장을 경험해보고 싶었다. 하나의 생활로 말이다.

과거 어느 일본 소설가는 여행을 가는 곳마다 이발소와 음반 가게를 돌아다닌다고 했는데(음반 가게는 나도 꽤 좋아하는 장소 중 하나다), 그것과 비슷하다. 요즘의 영화관은 멀티플렉스 시스템으로 글로벌 스탠더드가 있는 듯하지만 그래도 그 지역의 분위기가 나름 물씬 풍긴다. 대도시가 아닌 소도시로 내려가면 흡사 영화 〈시네마 천국〉에 등장하는 영화관 '시네마 천국' 같은 느낌도 난다. 동네 사람들이 모이는 사랑방 같은 느낌이라고 할까. 거창하게 '순례'라는 제목을 붙였지만 그 정도는 아니고 여행하면서 기억나는 영화관 몇 군데를 꼽아보았다.

우리나라가 아닌 해외 영화관을 처음 들어간 곳은 대학 시절 '어학연수'로 간 미국 필라델피아였다. 그해 미국에서는 '스타워즈' 에피소드 4, 5, 6의 스페셜 에디션이 연초부터 순차적으로 개봉되었다. '스타워즈' 시리즈를 극장에서 본 것은 앞에서 이야기했듯이 1987년에 본 〈스타워즈 : 에피소드 6 - 제다이의 귀환〉이 유일했기에 개봉하는 날 큰 기대를 갖고 극장으로 향했다. 당시 우리나라는 여전히 단관 개봉관 시스템이었고 몇 군데만이 멀티플렉스 시스템으로 운영되고 있었다(CGV가 운영을 시작함으로써 멀티플렉스 브랜드화가 시작된 것은 1998년이다). 지금 생각해보면 미국의 극장이 아마 지금의 멀티플렉스 극장 같았다. 쾌적했고 극장 시설도 좋았다. 지정석이 아니어서 많은 사람이 줄을 서 있었다.

재미있었던 점은 워낙 '스타워즈'에 대한 인기가 높고 20여 년 만에 새로이 개봉을 했기 때문인지 줄을 선 대부분의 사람이 "포스와 함께하길" "나는 제다이다!"라고 '스타워즈'의 대사를 외치고 있었다. 일부는 '스타워즈' 캐릭터의 옷을 입고 광선검을 휘두르며 결투를 하기도 하고. 나 또한 '스타워즈빠'인지라 매우 즐겁게 그들 무리에 동참했다. 오프닝이 나올 때 모두 환호성을 지르고 박수를 치는 풍경도 멋있었다. 축제 분위기였다. 멋진 경험이었다.

도쿄로 여행을 갔을 때 찾았던 극장은 신주쿠에 있었다. 때마침 개봉한 〈엔드 오브 에반게리온〉을 보기 위해서였다. TV판 〈에반게리온〉에 푹 빠져 있을 때였다. 한창 더운 여름날이었다. 이곳도 지정석이 아니어서 영화 시작 전부터 줄이 길게 늘어섰다. 개봉한 지 얼마 되지 않아서인지 좌석이 거의 꽉 찼다. 일본어를 잘 몰라서 내용을 따라가기가 쉽지 않았다(외국어는 기본적으로 잘 모르기에). 게다가 내용이 어렵다는 〈에반게리온〉이 아닌가. 사실 기억나는 것은 에어컨이 너무 빵빵하여 영화를 보는 내내 추위에 떨었던 것뿐. 결국 〈엔드 오브 에반게리온〉은 서울로 돌아온 후 이른바 '삐자' 비디오를 통해 다시 보고 나서야 내용을 이해한 아픔이 있다.

이집트 알렉산드리아에서 찾은 극장은 내가 경험했던 극장 중에서도 꽤 독특했다. 알렉산드리아는 긴 반원형의 해안가를 따라 도시가 형성되어 있는데, 저녁때 슬렁슬렁 산책하면 나름 운치를 느낄 수 있다. 도심에는 몇 개의 영화관이 있었는데, 저녁에만 문을 여는 듯했다. 여기도 지정석이 아니어서 문 앞에서 기다리다가 들어갔다. 멀티플렉스 극장 시스템으로 당시 개봉한 할리우드 영화 〈언더월드 라이칸의 반란〉(2009)을 보았다. 재미있는 것은 스크린 양옆으로 비상구가 있었는데, 왼쪽은 여성용, 오른쪽은 남성용이었다(10여 년 전 일이니 요즘은 어떨지). 그리고 영화 시작은 상영시간보다 20여 분 늦게 시작되었다. 이슬람 지역에서 종종 경험한 '사람이 차야 영화가 시작된다. 인샬라~' 시스템이다. 1시간 정도 상영한 뒤 쉬는 시간이 있었던 점도 독특했다.

트로이는 고고학을 공부한 사람들에게는 일종의 성지다. 하인리히 슐리만의 꿈의 실현으로 대표되는 곳인데, 지금은 튀르키예의 트로야라는 이름으로 알려져 있다. 이곳으로 가려면 차나칼레라는 갈탄 냄새로 뒤덮인 작은 도시에서 '봉고 버스(돌무시라고 한다)'를 타고 꽤 들어가야 한다. 유적만 있고 아무것도 없다. 겨울인 탓에 관광객도 없었다. 이곳을 둘러보고 다시 차나칼레로 저녁에 돌아왔는데, 그곳에서 시간을 때우다보니 극장이 눈에 들어왔다. 시간이 맞아 에드워드 노턴과 콜린 패럴이 주연한 〈프라이드 앤드 글로리〉(2008)를 보았는데, 영화도 극장도 별로 감흥이 없었다.

영국 런던은 레스터 스퀘어가 우리나라 충무로처럼 영화의 본거지다. 극장 몇 개가 작은 광장을 둘러싸고 위치해 있다. 트라팔가 광장 바로 뒤에 있어서 미술관을 둘러본 후 즐겨 찾았는데, 멀티플렉스 극장 시스템으로 우리나라 극장과 별 차이가 없어 신선함은 없었다. 하지만 가끔 영화 프리미어 행사를 볼 수 있어 신기했다. 펜스 주변으로 사람들이 몰려 있어서 실제로 배우를 보기는 힘들었다.

많이 둘러보지는 못했지만 공통점이 있었다. 영화관은 영화라는 매체를 매개로 꿈을 꾸는 공간이라는 것을. 그곳에는 종교나 정치를 떠나 그 어떤 차이도, 차별도 존재하지 않았다. 고단한 현실에서 조금 벗어나 색다른 세계로 들어갈 수 있었다. 흡사 이상한 나라로 떠난 앨리스처럼 우리도 영화관이라는 통로를 통해 모험을 떠난다.

세계 영화관을 둘러보면서 확인한 소소하지만 확실한 사실이다.

“

‘잉글리시 페이션트’가 꿈꾸었던 사막

”

“내가 갈망했던 것은 지도가 없는 땅 위를 걷는 것뿐이었습니다.”

- 마이클 온다치, 『잉글리시 페이션트』 중에서

『잉글리시 페이션트』는 1992년 세계 3대 문학상 중 하나인 부커상을 수상했고 2018년 맨부커상 50주년을 맞이하여 역대 수상작 중 최고의 작품에 수여하는 ‘황금 맨부커상’에도 선정되었다. 이 작품을 1996년 앤서니 밍겔라 감독이 영화로 만든 〈잉글리시 페이션트〉는 개인적으로 손꼽는 ‘최애’ 영화 중 하나다. 이 영화는 1997년 아카데미 영화제에서 작품상과 감독상 등 9개 부문을 수상했는데, 〈벤허〉와 〈타이타닉〉의 11개 수상, 〈웨스트 사이드 스토리〉의 10개 수상에 이은 최다 수상이다. 뭐,

오스카상의 숫자가 중요한 것은 아니겠지만 영화 자체가 정말 걸작이라고 할 정도로 멋지다.

제2차세계대전 당시 비행기 추락으로 입은 부상과 화상으로 외모를 파악할 수 없을 정도로 망가진 환자(알마시)는 자신을 '영국인'이라고 소개한다. 연합군 진영에서 치료를 받던 이 환자는 결국 이송할 수 없을 정도로 몸이 쇠약해지고 이탈리아의 부서진 수도원으로 옮겨져 간호사(한나)의 보살핌을 받는다. 이곳에 폭탄처리반인 인도인 공병 킵과 손가락이 불구가 된 스파이 카라바지오가 모여 살면서 자신들의 아픈 기억을 끄집어낸다. 영국인 환자로 자신을 밝힌 알마시는 사실 헝가리인 탐험가로 지도를 제작했다. 그러나 함께한 탐험대의 영국인 부인과 사랑에 빠지고 가슴 아픈 이별을 맞이한다…….

너무나 아름다운 이 영화를 보고 나니 사막에 가고 싶어졌다. 지도가 없는, 국경이 없는 광활한 땅을 걸어보고 싶었다(지도 보기를 워낙 좋아하지만 역으로 이를 피하고 싶었다고나 할까). 미술 전문지 기자 시절 함께 일했던, 〈잉글리시 페이션트〉 영화와 여행을 좋아하는 선배와 의기투합했다. 지중해 연안을 돌면서 이집트의 사막을 가기로 했다. 카이로에서 시와 오아시스로 향했다. 시와 오아시스 근처에 사막이 있는데, 리비아사막이라고 명명된 곳이었다. 두루뭉술하게 사하라사막일 줄 알았는데, 아니었다. 영화에 등장한 사하라사막을 가고 싶었다(결국 지도의 지명에 집착하고야 만다). 쉽지는 않았다. 몇 년 뒤 영화 속에 등장한, 영국인 환자가 누워 있었던 이탈리아의 저택을 먼저 찾아갔다(이탈리아의 피엔차에 위치해 있는데, 이에 대한 이야기는 『어쩌다 이탈리아, 미술과 걷다』에 자세히 나와 있다). 그러고 나서 몇 년 뒤에 드디어 기회가 왔다. 나와 선배는 사막을 가기 위해 모로코 여행을 계획했다. 파리를 거쳐 카사블랑카행 비행기에 몸을 실었다.

카사블랑카도 영화 〈카사블랑카〉(1942)의 배경이 되었던 곳이다. 사막으로 향하기 전에 한번 둘러보기로 했다. 영화에서 주인공 릭스가 운영했던 '릭스 카페'가 있다고 한다. 이른바 영화의 명성을 이용한 이미테이션 카페다. 물론 영화도 이곳에서 찍지는 않았으니 이미테이션이라고 뭐라고 할 수는 없다(모든 장면은 미국에서 촬영했다). 궁금해서 찾아가보니 꽤 고급 카페였다. 생긴 지 별로 안 되었으나(2004년 오픈) 영화 느낌을 재현하려고 노력한 티는 났다. 영화 때문에 찾아온 손님이 많은지 대부분 외국인이었다. 사실 카사블랑카는 하산2세 모스크 정도를 제외하고는 볼거리가 거의 없는 도시인데, 영화의 명성에 크게 의지하고 있다는 인상을 받았다. 오래 머물지 않고 곧바로 사막 투어를 시작할 수 있는 마라케시로 향했다.

이슬람 도시들은 과거부터 존재했던 구도시와 신도시가 확연히 구분된다. 기본적으로 우리처럼 과거의 것을 부수고 새로 짓는 형식이 아닌, 과거는 과거대로 보존하고 그 주변으로 최근 것을 확장해가는 형식이다. 카이로, 카사블랑카, 마라케시도 이런 형태다(유럽 지역도 확장이라는 개념에서는 비슷하다). 물론 우리나라는 전쟁이라는 변수가 컸기 때문일 터다. 어쨌든 구도시를 메디나라고 부르는데, 대부분 도시의 메디나는 오래전 자연적으로 조성되었기에 무지하게 복잡하다. 그런데 마라케시의 그곳은 이를 넘어서 완전히 다이달로스의 미로였다. 차가 들어갈 수도 없는 좁은 길이 굽이굽이 펼쳐져 있다(우리나라 서울의 서촌, 북촌에도 이런 곳이 있기는 하다).

역에서 내려 숙소를 찾기 위해 배낭을 메고 헤매고 있으려니 한 청년이 와서 묻는다. 조심해야 되는 것은 알지만 순수하게 생긴 이 청년은 우리가 요청하지도 않았는데 친절을 베푼다. 메디나 지역을 30분 동안 구불구불 돌아서 겨우 숙소를 찾았다. 고맙다. 그러나 역시나! 성의 조의 돈을 요구한다. 씁쓸했지만 약간의 돈을 손에 쥐어주었다. 숙소 내부는 과거의 역사를 드러내는 분위기였는데, 편안했다. 주변을 둘러보기 위해 밖으로 나서서 조금 걸어가니 낯익은 풍경이 들어왔다. 역 근처였다. 아뿔사! 길을 안내하던 청년이 돈을 뜯어내기 위해 일부러 빙빙 돌았던 것이다. 허 참, 진짜 눈 뜨고 코 베인 격이다. 다시 한번 씁쓸함을 느꼈다.

마라케시에 있는 여행사에서 사막으로 가는 프로그램을 문의했다. 작은 승합차를 타고 중간에 1박을 하면서 계속 이동하면 사막에 도착하는 상품이 있었다. 사막에 도착하여 낙타를 타고 사막 중간까지 가서 천막에서 하룻밤을 묵고 다음 날 다시 마라케시로 출발하는 왕복 여정의 프로그램이었다. 일단 두 자리를 예약했다. 그날 밤 마라케시의 야시장을 돌아보았다. 메디나와 연결된 널찍한 광장이 시장 상인들로 꽉 찼다. 카오스의 현장 같았는데, 오히려 그래서 더욱 생기가 넘쳤다. 잔에 허브를 대충 찢어 넣고 뜨거운 물을 부은 (약간 지저분하지만) 정말 맛있는 허브티를 시장 한편의 카페에서 마시고 시장을 가득 메운 사람들을 구경하다보니 '세상 사람들 사는 것 다 똑같구나'라는 생각이 들었다. 이를 확인하기 위해 여행을 하는 것일 수도.

다음 날 아침 일찍 사막으로 떠났다. 엄청난 돌산을 굽이굽이 돌아갔다. 산꼭대기에는 눈이 쌓여 있었다. 저녁때 돌산의 계곡에 위치한 1차 숙소에서 묵고 다음 날 오후 사막의 끝에 도착했다. 메르주가였다. 사하라사막 서쪽 끝부분에 위치한 자그마한 마을이다.

낙타를 타고 사막으로 한참 들어갔고 이윽고 천막으로 된 숙소가 모여 있는 장소에 도착했다. 주변에는 광활한 사막이 펼쳐져 있었다. 드디어 사하라사막에 도착한 것이다. 해가 지고 달이 뜨면 사막의 밤은 급격히 추워진다. 모닥불 주변으로 사람들이 모였다. 혼자서 천천히 천막 주변을 둘러보았다. 사막의 언덕을 달이 환하게 비추었다. 모래를 딛고 힘겹게 올라가니 달빛에 반사된 사막이 끝없이 펼쳐져 있었다. 달 반대편 하늘에는 별이 쏟아질 듯이 총총 떠 있었다. 아마 알마시 탐험대도 모래 폭풍 이후 구조를 기다리면서 이런 풍경을 보았으리라. 국경선이 없는 세계에 자리잡고 있는, 지도에도 표시할 수 없는 위치에 자리잡고 있는 것에 기묘한 기분이 들었다(하지만 좀더 들어가면 알제리측 사하라사막이다).

급격히 떨어지는 기온 때문에 차가운 천막 안 매트 위에 웅크려 누워서 자잘한 생각에 잠겼다. "지도가 없는 땅을 걷고 싶다"라는 문구를 따라 여기까지 왔지만 지도에 '명기'된 사하라사막을 찾아온 것은 사실 아이러니하다. 아무것도 없는 땅에 선을 긋는 짓을 한 것과 같다. 내비게이션과 디지털 지도에 익숙한, 게다가 영화를 보고 '그 장소'를 찾고 싶은 덕후의 마음 때문이라고 부끄럽지만 변명을 할 수밖에 없다(다시 말하지만 지도 보기를 좋아한다). 사막의 밤을 오롯이 뜬눈으로 보내며 새벽에 뜨는 햇살을 보고 있자니 그래도 이곳에 왔다는 것에 표현할 수 없는 감동이 밀려온다.

다음 날 마라케시에서 출발했던 승합차는 함께 온 일행을 싣고 다시 길을 떠났다. 나와 선배는 사막에 남았다. 저 멀리 사막 한가운데에 작은 호텔이 있었다. 재미있는 것은 그 호텔 매니저가 건넨 명함에 호텔 주소가 GPS 숫자로 적혀 있었다는 점이다. 영국인 환자는 지도가 없는 땅을 걷고 싶었지만 이제 지도의 형상은 사라지고 좌표의 수치만 남았다. 지도가 없어졌는지, 더 정밀해졌는지 헷갈린다. 세상의 발전이란 형태가 사라지는 것인지도 모르겠다.

며칠을 사막 호텔에서 여유롭게 보내면서 주변 사막과 동네를 돌아다녔다. 아무것도 없는 사막이라고 생각했지만 다양한 짐승의 발자국과 흔적이 사막의 모래 위에 어지럽게 흩어져 있었다. 이들에게 국경은 아무 의미도 없을 것이다. 아마 알마시, 영국인 환자가 꿈꾼 삶일지도 모르겠다. 사랑하는 사람과 자그마한 흔적을 남길 뿐 인위적인 경계가 없는 세상 말이다. 며칠 뒤 영화 속 같은 풍경을 뒤로하고 페스로 향하는 버스 두 자리를 겨우 잡을 수 있었다.

“

‘브라이언 메이’ 길에서 마주치기

”

일단 브라이언 메이가 누구인지 모르는 사람들도 꽤 있을 듯하니 이에 대한 설명이 필요하겠다. 브라이언 메이는 영국인이다. 인터넷으로 정보를 검색하면 엄청난 자료가 나올 것이므로 여기서는 간단히 설명한다. 바로 영국의 록그룹 퀸의 기타리스트가 브라이언 메이다. 개인적으로 그룹 퀸을 좋아하여 30여 년간 주야장천 듣고 있는데, 몇 년 전 영화까지 개봉되어 아주 행복한 시즌을 보냈다. 이번 장은 바로 그 이야기다.

고등학교에 입학했을 당시 개인적으로 좋아하는 음악은 영화 음악부터 시작하여 ‘비틀스’ 노래들, ‘폴 모리아 오케스트라’, ‘만토바니 오케스트라’, ‘리처드 클레이더만’ 등의 이지 리스닝 계열이었다. 당시 가장 접하기 쉬운 음악 계열이었다.

나의 음악 인생은 고등학교 2학년에 올라가면서 확 바뀌었다. 같은 반에 다양한 대중문화에 해박한 친구가 있었는데, 그 친구에게 많은 '가르침'을 받았다(그의 형은 국내에 잘 알려진 팝 칼럼니스트다). 그중에서 가장 큰 부분이 퀸의 음악을 소개받았다는 점이다. 당시에는 즐겨 읽던 잡지에서 "악마의 음악, 록, 메탈 밴드들"이라는 가십성 기사들이 넘쳐났다. 어느 날 반 친구들과 음악에 대한 이야기를 하고 있었는데, 록이나 메탈 그룹에 대한 것이었다. 나는 옆에서 듣고 있다가(잘 모르는 세계였다) 잡지에서 본 기사를 기억하고 그 부분을 스크랩해서 보여주었다. '위험한 세계'라고 부연하면서 말이다.

친구는 이 기사를 읽고 웃으면서 퀸의 《그레이티스트 히츠 1》 앨범을 빌려주었다. 당시는 과거 금지곡이 해금되던 시절로 이 앨범의 경우에는 〈보헤미안 랩소디〉가 금지곡이었던 탓에 국내 정식 발매반에는 들어 있지 않았다. 친구는 영국에서 발매된 정식 CD를 갖고 있었는데, 그것을 빌려주었다. 퀸은 록이나 팝의 입문으로 좋으니 꼭 들어보라고 했다. 그날 저녁은 조금 과장하여 이야기하면 기념비적인 날이 되었다. 밤을 새워 〈보헤미안 랩소디〉, 〈유어 마이 베스트 프렌드〉, 〈돈 스톱 미 나우〉,

〈세이브 미〉, 〈위 아 더 챔피언〉을 듣고 또 들었다. 카세트테이프였으면 릴이 늘어났을 텐데, CD였던지라 그나마 다행이었다(당시 우리 인식에 CD는 손상 없이 들을 수 있는 완벽한 매체였다).

그 이후로 주야장천 퀸의 음악을 듣고 있다. 퀸에 입문한 직후 곧바로 이른바 '빠'가 되었는데, 당시는 퀸이 현역 시절이었기에 신보를 곧바로 만날 수 있었다. 《이뉴엔도》 앨범이었다. 여기에 음반 직배시대가 되면서 금지곡이 들어 있던 앨범이 다시 재발매되어 퀸의 앨범을 완전하게 들을 수도 있었다(가격은 기존 앨범에서 두 배로 비싸졌다). 퀸의 《그레이티스트 히츠》같이 히트곡을 모은 앨범도 좋지만 오리지널 앨범 속의 노래 하나하나가 모두 엄청나다는 것을 알게 되었다. 2학년에서 3학년으로 올라가면서 퀸을 좋아하여 항상 몰려다니며 듣던 친구들이 각각 다른 반으로 떨어지게 되었다. 그래도 가끔 모여 퀸의 새로운 정보를 교환했다.

대학 입시를 10여 일 앞둔 11월 25일 월요일이었다. 옆 반의 친구가 쉬는 시간에 달려오더니 프레디 머큐리가 에이즈에 걸렸다는 정보를 입수했다고 했다. 친구들이 모여 프레디 머큐리의 사생활을 보건대 그럴 수 있지 않겠냐고 진지하게 이야기를 나누었다(당시에도 프레디 머큐리의 동성애 성향은 알려져 있었다). 그다음 시간이 끝나고 또다른 친구가 달려오더니 프레디 머큐리가 죽었다고 했다. '이건 좀 심한 농담 같구먼.' 그 친구도 아는 형에게 어제 들었다고 했다. 당시 AFKN 방송을 통해서 해외 음악에 대한 최신 정보는 접할 수 있었다. 충격이었다. 모두 믿기 어렵다는 표정이었다. 하교 후 저녁때 라디오를 켰다. 배철수가 진행하는 방송에서 프레디 머큐리의 사망 소식을 '확인'해주었다. 긴급 추모 방송을 편성하여 라디오에서는 퀸 음악이 계속 흘러나왔다. 김광한과 김기덕의 음악 프로그램까지 듣고 나서야 프레디 머큐리의 죽음을 믿을 수 있었다. 이후 친구들끼리 모여 조촐하게 추모식을 열었다. 물론 퀸의 음악을 듣는 정도였지만.

시간이 흘러 프레디 머큐리의 삶을 조명하는 영화가 제작된다는 소문이 돌았는데, 2018년에 드디어 개봉되었다. 제목은 〈보헤미안 랩소디〉. 영리하게 1985년의 '라이브 에이드' 공연을 중심으로 이야기가 전개된다. 1985년은 퀸의 해체설이 나돌고 멤버들도 각자 솔로활동을 하던 시기로 이른바 퀸의 위기시대였다(영화에서는 프레디 머큐리의 솔로 앨범만 부각되었지만 비슷한 시기에 다른 멤버들도 솔로활동을 했다). 실제로 '라이브 에이드'의 30여 분 공연이 퀸의 차후 활동 지속의 계기가 된 것은 많이 알려져 있다.

영화는 퀸의 결성부터 성공, 위기, 갈등, '라이브 에이드' 공연을 통한 갈등 해소까지 전형적인 스토리 전개방식으로 재미있지만 안전하게 진행된다. 영화적 스토리를 위해 사실과는 다른 부분이 있어 퀸 팬들로부터 '지적'을 당하기도 했지만 뭐, 그 정도는 영화적 상상력으로 넘어갈 수 있다. 다음 해에 나온 엘튼 존의 〈로켓맨〉은 흥행에 크게 성공하지 못했는데, 이 영화는 우리나라에서 거의 1000만에 육박하는 관객 수를 기록하는 큰 성공을 거두었다. 우리나라만 그런 것이 아니라 전 세계적으로도 큰 인기를 누렸다(전 세계 9억 달러가 넘는 흥행 수입을 기록했다). 아카데미 영화제에서도 작품상에 노미네이트되었을 뿐 아니라 프레디 머큐리 역의 라미 말렉이 남우주연상을 수상하는 기염을 토했다(총 5개 부분 노미네이션에 4개를 수상했다). 어쨌든 작품성도 인정을 받았다는 의미다. 나 또한 이 영화를 극장에서만 여러 차례 관람함으로써 퀸에 대한 경의를 표했다. 그리고 거의 매년 출시되는 새로운 음반과 굿즈에 감사함을 느끼면서 30년이 넘은 덕질을 여전히 행복하게 지속하고 있다.

생각해보니 퀸과 관련된 영상은 이 영화보다 먼저 극장에서 상영된 적이 있다. 〈퀸 록 몬트리올〉(2007)이라는 제목으로 1980년 초반 콘서트를 촬영한 것이다. 사운드 시스템이 '빵빵한' 영화관 몇 군데에서 콘서트를 상영했다. 당시 2일간의 콘서트를 16밀리미터 영화 카메라로 찍어서 편집한 것이다. 처음에는 DVD로 출시되었는데, 후에 영화관에서도 상영이 이루어진 것이다. 영화 카메라로 찍어서 가능했다고 하는데, 메가박스 이수에서 떼창을 하면서 감동적으로 본 기억이 난다.

2011년에 제작한 퀸의 다큐멘터리 〈우리 생애 나날들〉에서 퀸의 매니저였던 짐 비치가 이야기했듯이 사실 퀸은 완전체로서의 생명이 긴 그룹은 아니었다. 1970년도에 결성된 후 프레디 머큐리가 사망한 1991년까지 20여 년이 그들의 활동 기간이었다(이 정도면 길다고 할 수도 있나?). 1997년 베이시스트 존 디콘이 은퇴한 이후 기타리스트 브라이언 메이와 드러머 로저 테일러 둘이서 활발히 활동하고 있으니 명맥은 유지되고 있다고 할 수 있지만 말이다. 놀랍게도 프레디 머큐리가 죽고

30여 년이 지난 지금까지도 퀸의 인기는 여전히 현재진행형이다. 영화에서 프레디 머큐리는 이렇게 이야기한다. "나는 스타가 되지 않을 거야. 전설이 될 거야." 결성 후 반세기가 지나고 프레디 머큐리가 세상을 떠나고도 30여 년이 흘렀다. 그리고 그들은 진짜 전설이 되었다. 음악뿐 아니라 영화로까지 뻗어나가면서.

퀸과 관련하여 개인적으로 커다란 행운을 맞이한 적이 있다. 바로 일본에서 퀸의 기타리스트 브라이언 메이를 우연히 만난 것이다(이때 쓴 인생의 행운으로 인해 복권 당첨이 안 되지 않나라는 생각이 들 정도의 커다란 행운이다)! 2005년 가을 퀸과 폴 로저스가 결성한 프로젝트 그룹의 세계 투어가 있었다. 당시 우리나라에는 오지 않았지만 일본에서는 콘서트가 열렸다. 그즈음 퀸 음악을 커버하는 직장인 밴드활동을 하고 있었는데, 이 소식을 듣고 밴드 멤버 중 한 명이 일본의 콘서트 티켓을 운 좋게 구했다. 날짜에 맞춰 휴가를 얻어 고고! 공연 자체는 멋있었지만 심심한 관람 문화로 별 흥은 나지 않았던 것이 아쉬웠다.

사건은 다음 날 일어났다. 다음 날 친구와 퀸의 부트레그(bootleg, 해적판) 라이브 앨범을 둘러보고자 관련 음반점이 모여 있는 신주쿠로 향했다. 한 세 군데 정도 둘러보았을까. 걷다가 거리 풍경 사진을 찍던 나의 눈에 저 멀리 익숙한 인물 형상이 들어왔다. '브라이언 메이다!' 갑작스레 맥박이 빨라지면서 친구와 함께 브라이언 메이가 들어간 음반점까지 쫓아갔다. 관계자가 브라이언 메이가 나올 때까지 기다려달라고 양해를 구했다. 그리고 만난 브라이언 메이는 멋졌다. 전날의 콘서트 티켓에 사인을 받고 인사를 했다. 콘서트를 보려고 한국에서 왔다는 말에 매우 고마워했다.

당시 나의 일지 마지막에는 이렇게 쓰여 있다. "이 정도면 정말 멋진 여행이라고 생각된다. 브라이언 메이를 만나다니. 이번 여행의 압권이었기에 기억에 오래오래 남을 거다. 사인 표는 당장 액자에 넣어두어야겠다. 〈터미널〉의 톰 행크스는 재즈 뮤지션의 사인을 받으러 미국에 왔다가 나라가 없어져 공항에 갇히는데, 난 공연에 사인까지 받았고 다행히(?) 나라도 없어지지 않고 무사히 귀국한 것이다. 정말 멋진 경험이잖아." 역시나 영화 이야기로 끝을 맺었네.

이렇게 난 브라이언 메이를 길에서 마주쳤다.

“

홈리스, 하우스리스

”

한때 꿈이 있었다. 전 세계를 돌아다니는 것이었다. 피상적이지만 전 세계를 여행하면서 모든 것을 보고 경험하고 싶었다. 정착하는 삶보다는 노마드적인 삶을 꿈꾸었다. 과거 여행과 관련된 강의를 들은 적이 있다. 이때 강사가 ‘여행의 의미는 무엇인가’에 대한 질문을 했다. 깊게 생각한 적이 없었다. ‘여기’가 아닌 ‘다른 곳’을 돌아다닌다는 정도로 생각했다. 국어사전에는 “일이나 유람을 목적으로 다른 고장이나 외국에 가는 일”(네이버 표준국어대사전)이라고 정의되어 있다. 별 차이가 없다. 그런데 강사는 여기에 전제조건이 있다고 했다. 여행은 결국 ‘돌아올 집’이 있어야 성립이 된다고. 돌아올 집이 없다면 여행은 난민, 유랑, 방랑, 노마드 등으로 대치되어야 한다고 말이다.

클로이 자오가 감독한 〈노매드랜드〉(2021)를 볼 때 이때의 기억이 났다. 주인공 펀이 미국 네바다 엠파이어라는 도시를 떠나 노마드로 살면서 겪는 생활과 만나는 사람들에 대한 이야기다. 미국 네바다 엠파이어는 광산회사 직원들이 생활하던 도시였는데, 광산회사가 폐업하면서 도시 자체가 사라지게 되었다. 주인공 펀은 캠퍼에 자신의 짐을 싣고 미국 곳곳을 돌아다닌다. 단기 알바를 하면서. 그 과정에서 만난 노마드 또한 모두 집에서 어쩔 수 없이 쫓겨난 사람들이다. 그들의 궁극적인 꿈은 땅에 굳건히 서 있는 집에서 사는 것이다.

이 영화는 원작이 있다. 저널리스트인 제시카 브루더가 〈하퍼스 매거진〉에 수록한 자신의 기사를 좀더 심층 취재하여 한 권의 단행본으로 펴냈다. 2017년에 출간된 『노마드랜드』를 영화의 주인공 펀 역을 맡았던 프랜시스 맥도먼드가 판권을 사서 클로이 자오에게 각색과 감독을 맡겼다. 독특한 것은 몇 명의 배우를 제외하고는 실제 책에 등장하는 노마드가 영화에서도 그 이름 그대로 나온다는 점이다. 영화를 보면서 배우들의 연기가 자연스럽다고 여겼는데, 실제 삶을 연기했기에 그렇다는 것을 나중에 이런 정보를 찾아보고서야 이해했다(영화적인 연기가 아니라서 그랬던 것 같다). 허구와 다큐멘터리가 마구 뒤섞여 있는 독특한 영화다. 영화와 책은 분위기가 조금 다르다. 영화가 덤덤하게 노마드의 삶을 보여준다면 책은 그들의 삶을 추적하고 원인을 분석한다. 2008년 전 세계적인 금융위기로 집에서 쫓겨난 중산층의 (비)자발적인 노마드생활을 사회적 시스템과 연결하여 기록하고 있다(책에는 다양한 인물이 등장하지만 그중에서 린다 메이의 비중이 크다. 영화에도 나온다). 주인공 펀을 통한 하나의 서사를 덤덤하게, 조금은 낭만적으로 표현하고 있다는 점이 책과 영화의 차이다.

영화를 보면서 '집이란 무엇인가'라는 생각이 계속 맴돌았다. 우리에게 집이라는 장소(또는 오브제)가 너무나 큰 이슈이기 때문일 수도 있다. 개인적으로 농경민족으로 살아온 우리에게 땅, 자리잡은 곳은 일종의 존재감, 정체성의 문제로 소급된다는 생각이다. 그래서 이렇게 땅 위의 집이라는 오브제 없이 이동하며 유랑하는 삶이 어떨지 영화를 보면서 절절히 느낄 수 있었다.

마트의 안마의자에서 쉬고 있는 주인공 펀에게 옛 이웃의 아이가 묻는다. "엄마가 그러는데요, 아줌마가 홈리스래요. 맞아요?" 펀은 다음과 같이 답한다. "난 홈리스가 아니야. 그냥 하우스리스지."

여기서 '홈Home'을 영어사전에서 찾아보면 "1 (특히 가족과 함께 사는) 집 2 (사고팔 수 있는 재산으로서의) 주택 3 집의, 가정의"(네이버 영어사전)라고 설명되어 있다. 2번의 의미보다는 1번의 의미가 곧 가정이라는 뜻이다. '가정'을 국어사전에서 찾아보면 "1 한 가족이 생활하는 집 2 가까운 혈연관계에 있는 사람들의 생활공동체"(네이버 국어사전)라고 설명되어 있다. 그렇다. 여기서 '홈'은 오브제로서의 '하우스'가 아니다. 그래서 〈노매드랜드〉는 결국 사람의 이야기로 소급된다. 유랑과 잠깐의 정착, 만남과 헤어짐, 사람들과의 관계 속에서 피어나는 감정이 자리잡고 있다.

삶은 유랑 속에서 영위되지만 결국 사람들은 어딘가에 뿌리를 내리고 싶어한다. 영화에는 나오지 않지만 책에는 린다 메이의 후일담이 수록되어 있다. 린다 메이는 땅을 사서 자급자족의 삶을 꾸리고자 한다. 영화에서는 이런 정착에 대한 내용을 펀과 야영지에서 만난 데이브와의 에피소드로 바꾸었다. 자신의 집으로 돌아간 데이브를 찾은 펀은 '오래 있어도 된다'고 하는 그의 말을 뒤로하고 다시 길을 떠난다. 그곳은 자신의 정착지가 아니었기 때문이다. 펀은 자신의 '홈'이었던 엠파이어를 다시 찾는다. 남편과 함께 생활했고 자신의 삶이 있었던 그곳으로. 이제 펀은 자신의 짐을 모두 정리하고 진정한 '홈'을 마음에 묻은 채 새로이 길을 떠난다. 이렇게 영화는 끝을 맺는다. "떠나야 했던 사람들에게 바칩니다"라는 문구가 마지막 장면에 떠오른다.

여전히 사람들은 정착하고 떠날 필요가 없는 삶을 추구한다. 하지만 떠나는 사람들은 생겨나기 마련이다. 자신이 살고 있는 곳이 어디든 사람들과 관계를 맺고 살 수 있는 상황을 우리는 '홈'이라고 부를 수 있을 것이다. 세상이 변하면서 정착이 어려워지는 시대가 되었다. 결국 모든 것이 자본, 경제라는 블랙홀로 빨려들어가는 듯하다. 발상을 전환해야 하는 시대가 온 것이다. 과거 내가 꾸었던 꿈은 지금 어떤 의미가 있을까. 고민이 많은 밤이다.

시네마 천국에 울려퍼진 천상의 음악

2020년 여름 엔니오 모리코네가 타계했다. 압구정 CGV에서 엔니오 모리코네 추모 상영회가 열렸다. 음, 안 갈 수가 없다. 마스크를 코 위까지 깊숙이 당겨 쓰고 길을 나선다. 코로나19로 6개월 만에 찾아가는 영화관이다. 기분이 묘하다. 추모 영화로 고른 작품은 〈신시네마 천국〉. 〈시네마 천국〉을 처음 본 것은 1990년이다. 지금은 사라진 호암아트홀에서였다. 서울시청 근처 서소문에 위치한 호암아트홀은 중앙일보사 빌딩 1층에 자리한 공연 공간으로 방학 때면 종종 영화를 상영했다. 호암아트홀과 함께 중앙 로비를 가운데 두고 미술 전시를 하는 호암갤러리도 위치해 있어 나름 복합 문화공간의 역할을 했다. 당시에는 공들인 티가 나는 공간이었다.

처음 호암아트홀을 찾았던 것은 1988년에 가족과 함

께 찰리 채플린의 〈모던타임즈〉를 보기 위해서였다. 입구부터 극장과는 다른 고급스러운 공연장 분위기에 다소 놀랐다(당시 영화극장의 시설은 그리 좋지 않았다). 찰리 채플린의 영화가 우리나라에서 처음 상영되는 것이라 관심이 높았다. 1936년에 제작된 영화가 이렇게 웃기다니, 마지막에는 코끝 찡한 감동까지. 역시 찰리 채플린의 대표작이었다. 그리고 1990년 여름 호암아트홀은 〈시네마 천국〉을 개봉했다.

영화는 창밖 풍경을 중심으로 화면이 넓어지면서 시작된다. 주인공 토토의 어머니가 과거 극장 '시네마 천국'의 영사실 기사였던 알프레도의 죽음을 알리고자 전화를 한다. 로마에서 바쁜 삶을 살아가던 토토는 이 소식을 듣고 시칠리아의 고향 동네로 수십 년 만에 처음 찾아간다. 그리고 어렸을 때부터 토토와 알프레도의 관계에 대한 회상이 계속된다. 영사실 기사인 알프레도를 찾아가는 토토, 불이 나서 새로 지은 극장, 이때의 화재 사건으로 시력을 잃은 알프레도를 대신하여 극장 일을 하는 토토, 학교에서 만난 엘레나와의 연애 등 젊은 시절에 대한 이야기가 이어진다. 그러나 영화를 공부하고 싶어하는 토토에게 알프레도는 고향을 떠나라고 이야기하고,

일단 가면 돌아오지 말라고 당부한다. 그리고 떠나 있던 30여 년의 세월. 장례식 참석을 위해 찾아간 고향 마을에서 과거를 회상하고, 과거의 연인이었던 엘레나도 만나고, 알프레도의 마지막 선물을 받는다. 고향에서의 일을 정리하고 다시 로마로 돌아온 토토는 홀로 영사실에서 알프레도가 남긴 마지막 선물인 과거 목사가 검열했던 필름 조각을 이어붙인 영상들을 본다. 키스신이었다. 토토의 입가에 미소가 감돈다.

이 영화를 감독한 주세페 토르나토레는 시칠리아 바게리아 출신인데, 아마 이탈리아 시칠리아 출신의 영화감독으로는 세계에서 가장 유명할 것이다. 〈시네마 천국〉의 토토처럼 그 또한 영화 감독으로서 성공한 것이다(이 영화를 찍을 때 그는 서른두 살이었으며 두번째 연출작이었다). 그는 이탈리아인의 특징 중 가족 간의 관계를 영상으로 옮겼다. 아마 우리나라 사람들과 감성적으로 연결되는 부분이 있어 더욱 공감을 얻는 것이리라. 재미있는 것은 영화 속 배경인 시칠리아의 고향 마을의 이름을 '지안칼도'라고 했지만 실제로는 시칠리아의 주도 옆 동네인 바게리아와 체팔루에서 촬영했다는 점이다. 바로 감독 자신의 고향이었다. 감독은 이곳에서 자라면서 영화에 대해 꿈꾸었던 자전적인 이야기를 〈시네마 천국〉을 통해 풀어냈다. 사실 처음 영화를 보았을 때는 조금 심심했다. 내용이 팍팍 끊겼다고나 할까. 이 영화는 여러 버전이 있는데, 가장 짧은 버전을 개봉했기 때문일 수도 있고, 이 영화를 이해하기에는 내가 너무 어렸을 수도 있다. 그래서 이후에 다시 등장한 버전이 재개봉한 〈신시네마 천국〉이다(영화에서 불이 난 후 재건한 극장의 이름이 '신시네마 천국'이다). 러닝타임이 124분에서 170분으로 늘어나면서 내용적으로 좀더 설명이 잘된 버전이다.

그런데 영화를 보면서 느꼈던 확실한 한 가지가 있었다. 영화와 함께 등장하는 음악이 너무나 좋았던 것이다. 막 알기 시작한 영화 음악가 엔니오 모리코네가 음악을 담당했다. 당장 OST를 구하겠다고 음반점을 돌아다녔던 기억이 난다. 테마곡을 비롯하여 〈어린 시절과 어른 시절〉, 〈러브 테마〉, 〈미국식 섹스 어필부터 첫 펠리니까지〉 등 주옥같은 음악이 음반을 꽉 채우고 있었다.

본격적으로 접한 엔니오 모리코네의 음악은 〈원스 어폰 어 타임 인 아메리카〉 OST였다. 고등학교 1학년 때였다. 이 영화는 세르조 레오네가 1984년에 감독했는데, 나중에 비디오테이프로 볼 수 있었다. 1900년대 초반 미국을 배경으로 갱스터로 성장한 네 친구의 어린 시절부터 늙을 때까지의 우정과 일대기를 다룬다. 이 영화도 버전이 여러 가지인데다 러닝타임도 제각각이다. 그중에는 고등학생이 볼 수 있는 짧은 버전도 있었다. 너무 많이 편집되어 재미가 없었는데, 이후 다른 버전을 DVD로 보고 나서야 '아 이런 내용이구나'라고 무릎을 쳤다. 각설하고 이 음반을 처음에는 LP로 듣다가 CD로 구할 수 있었다. 〈가난〉, 〈친구〉, 〈데보라의 테마〉, 〈아마폴라〉 등 여기에도 엄청난 음악들이 가득 수록되어 있었다. 특히 9번 트랙인 〈아마폴라 파트 2〉의 클라리넷 음색이 너무 좋아 '나만의 음악 편집반'을 만들 때면 으레 포함되는 음악이었다(나중에는 클라리넷도 배웠다). 더운 여름날 책상 앞에서 주야장천 이 음반을 들었던 기억이 난다(이 음반하고 폴 모리아의 〈크리스마스 스페셜〉은 당시 가장 많이 듣던 음반이었다).

엔니오 모리코네의 가장 유명한 OST를 꼽으라면 이른바 세르조 레오네 감독, 클린트 이스트우드 주연의 '마카로니 웨스턴' 3부작 〈황야의 무법자〉(1964), 〈석양의 건맨〉(1965), 〈석양의 무법자〉(1966) OST일 것이다. 이들 영화는 제작비 관계상 에스파냐, 이탈리아에서 촬영하여 이른바 '마카로니 웨스턴'이라고 부른다(원래는 '스파게티 웨스턴'이라고 부르지만 일본을 통해 넘어오면서 이런 이름을 얻었다). 1960년대에서 1970년대에 주로 제작된 이들 영화는 미국 서부극의 형식은 따왔지만 기존의 미국 서부극이 선악 대결 구도, 미국식 영웅주의와 개척정신을 강조했다면, 마카로니 웨스턴은 이들을 비판적으로 접근했다는 것이 특징이다. 미국 서부극이 보여주었던 개척정신을 위선적이라고 비판하면서 등장인물의 이해와 탐욕, 음모와 배신이 얽히고설켜 진행된다. 권선징악의 이상적인 세계가 아닌 리얼하고 하드보일드한 세계다. 배경이 캘리포니아, 애리조나가 아닌 텍사스나 멕시코(실제로는 에스파냐, 이탈리아 등 유럽이지만)라는 점도 차별화된 부분이다. 내용이야 어떻든 개인적으로 생각하기에 최종적으로 이들 영화를 완성한 것은 세르조 레오네의 디렉팅도 아니고 주연인 클린트 이스트우드도 아니다. 바로 엔니오 모리코네의 음악이다. 기타와 휘파람이 어우러진 음악은 실제 서부의 황무지와 그 안의 사람들의 삶을 연상하게 한다. 첫 소절만 나와도 "아" 하는 감탄사와 함께 영화의 이미지가 떠오른다.

고등학교 1학년 겨울에 씨네하우스에서 〈언터처블〉

을 보았다. 브라이언 드팔마가 감독하고 케빈 코스트너, 숀 코너리, 앤디 가르시아, 로버트 드니로가 출연한 이 영화는 젊은 시절 케빈 코스트너, 앤디 가르시아의 멋진 모습을 볼 수 있고, 아카데미 남우조연상을 수상한 숀 코너리의 엄청난 연기도 볼 수 있다. 또한 알 카포네 역을 맡은 로버트 드 니로가 살을 엄청 찌워 화제가 되기도 했다(〈분노의 주먹〉(1980)에서도 27킬로그램을 찌우기도 했다).

음악은 엔니오 모리코네가 맡았다. 숀 코너리가 집에서 기관총을 맞고 쓰러진 후 죽음을 앞두고 케빈 코스트너와 이야기하는 장면에 등장하는 음악 〈죽음의 테마〉가 심금을 울렸다. 영화와 음악의 멋진 '케미'다. 〈미션〉, 〈러브 어페어〉 등 수많은 걸작이 엔니오 모리코네의 손에서 탄생했다. 이후로도 그가 음악을 담당한 영화를 꽤 보았다(영화보다는 음악이 더 좋았던 경우도 많았던 듯하지만). 개인적으로는 엔니오 모리코네를 존 윌리엄스와 함께 최고의 영화 음악가라고 생각한다.

버전이 다른 〈신시네마 천국〉을 처음 본 것은 유럽으로 향하던 비행기 안에서였다. 오랜 비행시간을 버티기 위한 방법으로 주로 영화를 보는데, 긴 상영시간의 영화를 찾다보니 이 영화가 눈에 띄었다. 좀더 긴 버전으로 보니 내용이 훨씬 매끄러웠다(조금은 사족 같은 부분도 있었지만). 그러고 나서 2020년 엔니오 모리코네의 추모 영화로 다시 보게 되었다. 좀더 행간의 의미가 읽힌다고 할까. 게다가 음악은 왜 그렇게 마음을 절절하게 후벼 파는지……. 아마 나도 나이를 먹은 것이겠지.

영화에서 철거한 극장 '신시네마 천국'처럼 호암아트홀도 역사의 뒤안길로 사라졌다. '시네마 천국'의 음악을 만든 거장도 또다른 '천국'으로 가고 없다. 소박하지만 〈시네마 천국〉의 음악을 다시 들으면서 코로나19가 끝난 진짜 '시네마 천국'을 꿈꿔본다.

R.I.P. 엔니오 모리코네.

“

세상을 뒤덮은 코믹스

”

처음 만화를 접했던 것이 언제였더라. 초등학교에 들어가기 전부터 만화책을 좋아했다(어린이라면 만화책을 좋아하는 것이 당연하지 않을까 싶다). 당시에는 〈소년중앙〉, 〈학생과학〉, 〈소년 동아일보〉 등 잡지나 어린이용 신문에 만화가 연재되었다. 그러다가 잡지 〈보물섬〉이 창간되었는데, 가히 혁명적이었다. 만화로만 구성된 잡지였기 때문이다! 어쨌든 눈이 오는 겨울날 이런 만화잡지와 만화책을 읽으면서 귤을 까먹는 생활을 좋아했다.

길창덕의 『꺼벙이』, 신문수의 『로봇찌빠』, 이정문의 『심술통』, 이상무의 『독고탁』 시리즈, 김삼의 『강가딘』과 『소년 007』, 김형배의 『20세기 기사단』, 김수정의 『아기공룡 둘리』, 허영만의 『태풍의 다이아몬드』, 이현세의 『공포의 외인구단』 등 수많은 만화를 보면서 하나둘 나이가 들었다.

고등학교 때는 일본 만화가 불법 해적판 형태로 돌아다녔다. 당시 가장 인기 있었던 만화는 『시티 헌터』나 『란마 1/2』, 『북두신권』, 『공작왕』, 『드래곤볼』 등이었는데, 작은 포켓용으로 제작되어 500원 정도의 싼 가격으로 학교 앞 문방구에서 구입할 수 있었다(작아서 수업 시간에 친구들끼리 돌려보는 일탈을 종종 저지르곤 했다). 이후 판형이 좀더 커지고 등장인물의 이름이 우리나라 이름으로 바뀌어 출간된 『시티 헌터』를 즐겨 보았는데, 주인공 이름이 사에바 료가 아니라 우수한이라든지(500원짜리 해적판에서는 방의표였다!), 카오리 마키무라 대신에 사우리라는 이름을 써서 현지화하려는 전략이 있었다(이 또한 해적판이었다는 것을 나중에 알았다).

그러다가 〈아이큐 점프〉가 발매되기 시작하면서 부록으로 『드래곤볼』이 정식으로 번역되어 연재되기 시작했다. 이후 수많은 일본 만화가 정식으로 출간되었다. 아다치 미쓰루의 『터치』, 『러프』, 『H2』 3대 클래식을 비롯하여 이노우에 다케히코의 『슬램덩크』, 우스이 요시토의 『짱구는 못 말려』, 이와아키 히토시의 『기생수』, 우라사와 나오키의 『20세기 소년』, 미우라 켄타로의 『베르세

르크』 등 수많은 명작이 쏟아져나왔다.

최근에는 국내 웹툰이 강세다. 웹툰이 다시 종이책으로 출간되고 최근 공개되는 영화나 드라마도 웹툰이 원작인 경우가 많다. 1000만 관객을 동원한 〈신과 함께〉를 비롯하여 최근 OTT에서 방영되는 수많은 드라마 등이 그렇다. 그리고 이들은 전 세계적으로 한류 열풍을 일으키면서 큰 인기몰이를 하고 있다. 가히 만화가 촉발한 콘텐츠의 전성시대라 하겠다.

이런 만화의 영화화를 잘 보여주는 사례가 바로 마블과 디시 코믹스를 원작으로 한 것이 아닐까. 마블이나 디시 코믹스의 만화는 우리에게 익숙한 구성방식이 아니라서 그런지 이른바 만화라는 이름보다는 '그래픽 노블'로 통용되면서 (〈백 투 더 퓨쳐〉의 주인공 마티 맥플라이식으로 이야기하면) 좀더 '헤비하게' 다루어진다. 그러나 시즌 10까지 인기리에 방영되었던 드라마 〈빅뱅이론〉의 레너드 일행이 매주 스튜어트의 만화 가게에 찾아가듯이 서구 세계에서 이들의 인기란 또다른 차원에서 높다고 할 수 있다. 그리고 이들을 영화화하면서 더 큰 시너지효과를 내고 있음을 목도한다(아직도 이들 그래픽 노블에는 개인적으로 적응이 잘 안 된다).

개인적으로 이런 만화로 만든 영화를 처음 본 것은 〈슈퍼맨〉(1978)이었다(마블이나 디시 코믹스의 작품은 TV 드라마나 애니메이션으로 오래전부터 방영되었다). 만화가 원작인 것은 얼핏 알았지만 만화를 본 적 없었기에 단순한 SF물이라고 생각했던 것 같다. TV에서 방영한 것을 보았는데, 놀라웠다. 크리스토퍼 리브는 슈퍼맨 그 자체였다(존 윌리엄스의 음악도 멋졌다). 인간적인 모습과 함께 사랑하는 로이스 레인을 구하기 위해 지구를 반대로 돌리는 슈퍼맨이란. 게다가 시간을 돌린 후 로이스 레인에게 가서 멋지게 대하는 모습 등은 최고였다. 이후 속편까지는 재미있었는데, 이후 시리즈로 제작되면서 약간 내용이 부실해졌다고 할까. 당시 속편은 전편을 능가하기 쉽지 않다는 평가를 받았다(〈대부〉, '스타워즈'와 지난 10여 년간 개봉된 수십 편의 코믹스 영화의 경우 그런 평가가 무의미하지만).

생각해보면 1989년의 세계 영화계부터 이런 코믹스판 영화가 부상한 것 같다(신기하게 이런 코믹스판 영화가 개봉된 해에 '인디아나 존스' 영화가 개봉되면서 과거부터 이런 생각을 했다). '인디아나 존스'는 미국과 전 세계에서 폭발적 인기를 얻었고 흥행에도 성공했지만 미국에서

당해 1위를 한 것은 1981년의 1편밖에 없다. 1984년에 개봉한 2편은 〈베벌리힐스 캅〉과 〈고스트버스터즈〉에 이은 3위였다. 3편이 나온 1989년과 4편이 나온 2008년은 모두 코믹스 버전의 영화 〈배트맨〉, 〈다크 나이트〉(결국 배트맨이다), 〈아이언 맨〉이 '인디아나 존스'를 제쳤다. 재미있는 사실이다.

1989년 팀 버턴 감독의 〈배트맨〉은 마이클 키턴이 배트맨, 잭 니컬슨이 조커, 킴 베이싱어가 비키 베일을 맡았다. 팀 버턴 특유의 만화적인 분위기와 암울한 고딕적인 분위기, 그 와중에도 실제 같은 현실감 등이 압권이었다. 세간의 평으로는 크리스토퍼 놀런 감독의 '배트맨' 시리즈가 최고였지만 개인적으로는 1989년 〈배트맨〉이 최고다.

어쨌든 그해 5월 〈인디아나 존스와 최후의 성전〉이 개봉되어 흥행에 순항했지만 6월에 〈배트맨〉이 개봉되면서 곧바로 흥행에 역전했다. 그해 영화 잡지에서도 생각지 못한 〈배트맨〉의 흥행에 대해 꽤 많은 기사가 실렸던 기억이 난다.

2008년은 코믹스 영화가 본격적으로 점령을 시작한 해다. 그해 미국 박스오피스를 보면 1위가 〈다크 나이트〉, 2위가 〈아이언맨〉이었고 〈인디아나 존스와 크리스탈 해골의 왕국〉은 3위를 기록했다. 19년 만에 개봉하여 대부분 박스오피스 1위를 예상했는데, 〈다크 나이트〉가 말도 되지 않는 최고의 흥행을 하면서 큰 이슈가 되었다. 1997년 〈타이타닉〉이 세운 6억 달러 이후 5억 3000만 달러로 미국 흥행 2위에 랭크된 것이다. 이런 와중에 조용히 흥행을 지속한 〈아이언맨〉은 1000만 달러 차이로 '인디아나 존스'를 누르고 2위를 차지했다. 이때까지만 해도 '코믹스 영화가 하나 개봉했구나'라는 생각이었다(재미는 있었다). 당시에는 마블 영화가 이렇게 '빅 픽처'를 그리고 있었는지는 몰랐으니까. 이때부터 이른바 '마블 유니버스'가 시작된 것이다.

이후 10여 년이 지났다. 이제 모든 영화의 흥행과 인기를 이야기할 때 '마블'이나 '디시 코믹스'를 빼놓을 수 없는 상황이 되었을 정도로 코믹스 영화의 흥행은 전 세계적인 현상이 되었다. 나 또한 30여 편의 마블 영화가 공개될 동안(요즘은 디즈니가 만든 OTT에서 드라마로도 공개하고 있다) 대부분 극장에서 보았다. 수많은 캐릭터가 등장하지만 이들의 이야기가 모두 기가 막히게 잘 맞아떨어지고 재미있다. 놀라울 정도다. 상상력의 극대화를 꾀할 수 있는 코믹스라는 매체와 이를 사실적 영상으로 만들 수 있는 할리우드가 만난 시너지효과라고 할 것이다. 게다가 할리우드 스타 대부분이 이들 영화에 등장하니 안 볼 이유가 없다. 크리스토퍼 놀런의 '배트맨' 시리즈 이후 디시 유니버스를 대표할 만한 작품이 없다고 할리우드에서 난리를 쳤으나 요즘은 꽤 만회를 한 느낌이다(2022년 개봉한 〈더 배트맨〉도 나쁘지 않았다. 추리 장르에 지나치게 집중한 느낌은 들지만).

2021년 말 코로나19에도 불구하고 개봉한 〈스파이더맨 : 노웨이 홈〉이 2022년 봄에 미국 흥행 8억 달러를 넘어서고 전 세계 수입으로 19억 달러를 벌어들였다고 박스오피스 모조에 정보가 올랐다. 어쩐지 코로나19 시기에 영화관을 가지 못한 것에 대한 '보복 쇼핑' 같은 느낌의 '보복 관람' 같기도 한데, 코로나19 시기 이전에도 전 세계 19억 달러 수입을 올린 영화가 거의 없는 상황에서 지금 이 상황이 놀랍기만 하다(물론 나도 극장에서 이 영화를 보았다). 이런 영화계의 풍경을 보고 있자니 결국 콘텐츠의 문제가 아닌가라는 생각이다. 만화적인 상상의 세계를 보여주고 어떻게 보면 황당무계한 세계를 보여주기도 하지만, 전 세계 사람들이 공감할 수 있는 감정을 통해 보편성을 획득할 수 있기 때문에 좋아하는 것일 터다. 특히 시대가 변하면서 활자보다는 이미지의 시대가 되다보니 이렇게 코믹스(이미지)가 영화(영상)로 발전하는 시스템이 당연시되지 않았을까 조심스레 생각해본다(어쨌든 다음 마블 영화가 언제 개봉하는지 오늘도 인터넷 정보를 뒤지고 있다).

“

세번째는 아니 만났어야 했나?
아니, 계속 만날래요

”

고속버스터미널 근처 반포천 옆으로 피천득 길이 있다. 수필가 피천득 선생의 자택이 이 근처여서 서초구에서 이 길을 피천득 산책로로 꾸몄다고 한다. 가끔 갈 일이 있어 그 산책로를 따라 걷는데, 봄에 벚꽃이 흐드러지게 피는 멋진 길이다. 이곳을 걸을 때마다 학창 시절에 배운 수필 『인연』의 마지막 구절이 떠오른다. “그리워하는데도 한 번 만나고 못 만나게 되기도 하고, 일생을 못 잊으면서도 아니 만나고 살기도 한다. 아사코와 나는 세 번을 만났다. 세번째는 아니 만났어야 좋았을 것이다.”

최근 개봉한, 또는 개봉 예정인 영화를 보면 과거와는 달라진 양상을 볼 수 있다. 할리우드 영화는 기본적으로 인기 있었던 영화를 새롭게 각색하여 다시 선보이고는 했다. 이른바 리부트방식이다. 시간이 오래 지나고 나서 과거의 인기 작품을 새로운 시대에 맞추어 다시 제작하여 개봉했다. 대표적인 예가 '007'이 아닐까 싶다. 007 제임스 본드 캐릭터를 시대에 맞게 변용하여 새로운 시리즈물로 만들어냈다. 1962년 〈007 살인번호〉로 시작하여 2021년 〈노 타임 투 다이〉까지 60여 년간 공식 25편, 비공식 2편까지 총 27편의 작품이 제작되었다. 제임스 본드 역에만 숀 코너리, 데이비드 나이번, 조지 레이전비, 로저 무어, 티머시 돌턴, 피어스 브로스넌, 대니얼 크레이그까지 총 일곱 명의 제임스 본드가 시대에 맞게 캐릭터 변화와 함께 등장했다.

그 밖에도 과거 인기 TV 시리즈였던 〈미션 임파서블〉, 〈A-특공대〉, 〈도망자〉 등은 배우를 달리하여 영화로 새롭게 제작되었고 〈미션 임파서블〉은 아예 그 자체가 또다른 프랜차이즈 시리즈가 되어 톰 크루즈의 대표작이 되었다.

'잭 라이언' 시리즈도 그런 예로 꼽을 수 있다. '잭 라이언'은 톰 클랜시의 소설을 원작으로 하는데, 여러 편의 영화로 제작되었다. 가장 먼저 제작된 영화는 1990년에 개봉한 〈붉은 10월〉로 알렉 볼드윈이 잭 라이언 역을 맡았다. 미국으로 망명하려는 소련 잠수함 함장 역은 숀 코너리가 맡았다. 이후 1992년에 또다른 '잭 라이언' 영화 〈패트리어트 게임〉이 제작되었는데, 이때는 해리슨 포드가 잭 라이언 역을 맡았다. 1994년에 제작된 〈긴급명령〉까지는 해리슨 포드가 잭 라이언 역을 맡았고 이후 한동안 '잭 라이언' 영화는 만들어지지 않았다.

2014년 케네스 브래나가 감독을 맡은 〈잭 라이언 : 코드네임 쉐도우〉에서는 크리스 파인이 잭 라이언 역을 맡았다. 이 영화는 크리스 파인과 키라 나이틀리, 케빈 코스트너, 케네스 브래나가 등장하는데, 과거의 작품과는 좀더 다른, 젊은 느낌으로 제작되었다(평은 그렇게 좋지 않았다).

그러고 나서 2018년 아마존에서 TV 시리즈물로 다시 제작되었다. 2023년 시즌 4를 마지막으로 완결되었는데, 존 크러진스키가 새로운 잭 라이언 역으로 분해 젊은 시절의 활약상을 보여준다. 이런 예 외에도 '스타워즈' 시리즈의 스핀오프인 〈한 솔로 : 스타워즈 스토리〉는 한 솔로의 젊은 시절을 다루는데, 해리슨 포드가 아닌 올던 에런라이시가 역을 맡았다.

이렇듯 꽤 오랜 시간이 지나 인기 영화를 제작할 때는 캐릭터를 여러 배우가 맡는 경우가 대부분이었지만 최근의 추세는 조금 바뀐 듯하다. 인기 영화를 길게는 30여 년이 지난 후에 새롭게 제작할 때 리부트방식이 아닌 주요 캐릭터를 오리지널 배우가 계속 맡는 것이다. 즉 과거의 오리지널 스토리에서 시간이 오래 흘러 벌어지는 에피소드를 다루고 있다. 리부트가 아니라 후속편의 개념이라고 하겠다. 오리지널 배우가 등장하지만 모두 나이를 먹은 상황이다.

이런 예를 생각나는 대로 모아보니 꽤 많다. 먼저 기억나는 것은 1977년에 시작된 '스타워즈' 시리즈가 2015년 새로이 후반기 부분을 시작했는데, 여기에 1977년의 오리지널 배우가 모두 등장했다. 특히 한 솔로가 후반기 첫 편을 끌고 나가는 주 캐릭터가 된 점이 재미있다.

1982년 〈블레이드 러너〉의 라이언 고슬링이 새로운 블레이드 러너로 등장하는 〈블레이드 러너 2049〉(2017)에서도 과거 주인공이었던 해리슨 포드가 은둔하는 블레이드 러너로 등장한다.

1984년 〈터미네이터 1〉으로 시작한 '터미네이터' 시리즈는 〈터미네이터 2 : 오리지널〉(1991, 원래 제목은 '운명의 날'인데, 왜 국내 제목은 '오리지널'로 바뀌었는지는 모르겠다)의 걸작으로 정점을 찍고 2019년 〈터미네이터 : 다크 페이트〉까지 6편이 제작되었다. 〈터미네이터 2 : 오리지널〉의 스토리 구성, 터미네이터 T-800과 그 밖의 다른 터미네이터의 대결 구도가 6편까지 (지루하게) 반복된다(이병헌도 '다른 터미네이터' 배역의 목록에 이름을 올렸다). 어쨌든 35년간 지속된 시리즈에 아널드 슈워제네거가 공통적으로 T-800 역으로 등장한다. 매 편마다 죽어도 사이보그라서 다시 등장하는 데 부담이 없지만 늘어나는 주름에 대한 변명이 눈물겹다(딥페이크 기술로 젊어질 때도 있지만).

〈나쁜 녀석들〉은 1995년에 개봉되어 2003년에 2편이 나왔고, 17년이 지난 후를 배경으로 〈나쁜 녀석들 : 포에버〉(2020)가 제작되어 개봉되었다. 코로나19의 시작과 함께 개봉되었지만 아슬아슬하게 그 여파를 비껴갔다. 그래서 얼떨결에 2020년 미국 흥행 1위가 되었다.

1984년 첫 영화가 개봉되고 1989년에 2편이 개봉된 〈고스트 버스터즈〉는 32년이 지난 2021년 〈고스트 버스터즈 라이즈〉라는 제목으로 새롭게 개봉되었다. 2016년에 여성을 주인공으로 동명의 영화가 개봉되었지만 내용면으로나 흥행면에서 폭망했는데, 다시 원년 배우를 소환하여 새롭게 제작하여 개봉한 것이다. 빌 머리, 댄 애크로이드, 시고니 위버가 다시 등장했지만 아쉽게도 이곤 역을 맡았던 해럴드 래미스가 타계하여 컴퓨터 그래픽으로 다시 등장한다(고스트로!). 영화는 이곤이 세상을 떠나면서 이야기가 진행된다. 감독은 원래 감독이던 아이번 라이트먼의 아들 제이슨 라이트먼이 맡았다(아이번 라이트먼은 2022년 2월 사망했다). 이렇듯 같은 주인공이 등장하지만 그들의 자식들이 등장하면서 세대가 변했음을 슬쩍 이야기하는 것이 이들 영화의 특징이다.

그 밖에도 긴 시간을 간격으로 다시 제작되는 후속편에 원작의 주인공이 등장하는 영화가 계속 만들어지고 있다. 1999년에 개봉된 〈매트릭스〉도 〈매트릭스 리저렉션〉으로 2021년에 개봉되었다. 원작 3편에서 사망한 키아누 리브스와 캐리 앤 모스가 다시 등장하는데, 내용적으로는 원작의 내용을 재구성한 듯한 느낌이다. 1996년 처음 선보인 〈스크림〉도 2022년에 다시 개봉되었는데, 당시 주인공 중 한 명이었던 데이비드 아켓과 코트니 콕스는 결혼했다가 이혼했는데도 다시 등장하여 조금 어색했다.

2002년 샘 레이미가 감독하여 엄청 흥행했던 〈스파

이더맨〉은 〈어메이징 스파이더맨〉을 거쳐 다시 마블의 '스파이더맨' 시리즈로 리부트되었는데, 2021년에 개봉된 〈스파이더맨 : 노 웨이 홈〉은 '멀티버스' 형식으로 아예 과거의 스파이더맨 두 명과 악당을 모두 모았다. 리부트이면서 후속편 같은 하이브리드 형식의 영화인데, 과거의 향수에 빠진 관객들이 구름같이 몰려들어 코로나19의 상황에서도 엄청난 흥행 실적을 올렸다. 영리한 방식이다.

여기에 1993년의 '쥬라기 공원' 시리즈는 2016년 '쥬라기 월드' 시리즈로 리부트되었는데, 올해 6월에 개봉된 〈쥬라기 월드 도미니온〉에는 샘 닐, 로라 던, 제프 골드블럼이 재등장하고 1981년에 시작된 '인디아나 존스'의 다섯번째 시리즈인 〈인디아나 존스 : 운명의 다이얼〉이 2023년 여름에 개봉했다. 무려 40여 년이 넘은 후속편이다!

이렇게 써놓고 보니 해리슨 포드가 이런 '후속편' 형식의 영화에서 꽤 많은 비중으로 등장하는데, 해리슨 포드의 매력이 여전히 대중들에게 통하고 있다는 뜻이 아닐까 싶다. 캐릭터에 대한 향수도 크겠지만 이보다는 과거 배역을 맡았던 배우에 대한 향수가 더 큰 것이 아닐까.

시간이 흘러 젊은 시절의 배우들도 나이를 먹었다. 과거와 같은 경쾌한 액션이나 새로움은 없지만 "구관이 명관"이라는 속담을 할리우드가 실천적으로 보여주고 있어 흥미롭다. 피천득 선생이라면 "세번째는 아니 만났어야 좋았을 것이다"라고 탄식했겠지만 어쩌랴, 나 또한 "구관이 명관"인걸. 세번째가 아니라 네번째, 다섯번째…… 계속 만나고 싶다. 앞으로 나올 영화도 그래서 기대가 크다. 쓰잘머리 없는 소소한 생각 속에서 벚꽃이 흐드러지게 핀 피천득 길을 걷는다.

에필로그

코로나시대, 그리고 그 이후에도 영화 보기는 계속된다. 쭈욱~

과거 거의 매주 개봉 영화를 영화관에서 보았다(지금 생각하면 꽤 신기한데, 몇 년 전만 해도 보고 싶은 영화가 매주 개봉했다). 2020년 1월 말 코로나19는 영화계의 생태계를 극적으로 바꾸어놓았다. 영화 제작이 늦어지게 되었고, 개봉 영화 일정이 줄줄이 밀렸으며, 매주 신작이 개봉되지 않았고, 영화관을 찾는 사람이 없어졌으며, 영화관이 아닌 OTT를 통한 영화 공개가 이루어졌고, 극장 개봉 영화가 거의 없어진 탓에 영화관에서 영화를 꼭 상영해야 영화제에 노미네이션될 수 있는지에 대한 문제가 쏙 들어갔으며, 영화는 영화관에서 개봉해야 한다고 위험을 무릅쓰고 영화 개봉을 강행하는 감독이 등장했고(크리스토퍼 놀런의 〈테넷〉이 그렇다), 목숨을 걸고서라도 영화는 영화관에서 봐야 한다는 굳은 신념을 가진 사람들이 생겼으며, 다른 플랫폼으로 보는 것도 괜찮다는 사람들이 늘었고, 그 결과 급증한 많은 OTT가 경쟁하게 되었으며, 어쨌든 영화관은 자신의 존재 가치를 겨우겨우 유지하게 되었다(결과적으로 꽤 오랫동안 구축했던 나의 영화관 문화도 무너지고 말았다).

나에게 영화관이란 단순히 개봉 영화를 보는 장소가 아니었다(이제는 과거형이다). 일종의 휴식처이자 현실의 도피처였다. 사람이 없는 심야극장 상영관에 앉아 있노라면 일주일의 스트레스가 사라지고 그 분위기 자체가 그다음 주를 보낼 수 있는 자양제가 되었다.

하지만 팬데믹 시대가 되니 상황이 변했다. 사실 내가 바이러스에 감염된 것보다는 남에게 피해를 주면 안 된다는 생각이 강했으니까. '괜히 공공장소에서 유행성 질병에 걸리기라도 하면…….' 이런 생각이 뇌리에 맴돌면서 영화관으로 향하던 발길을 끊게 되었다(대부분 그랬을 것이다). 이런 상황이 너무나 비현실적 또는 초현실적이어서(히에로니무스 보스나 피터르 브뤼헐의 그림에서나 볼 법한 상황이 현실이 되었으니) 멍한 상태로 어영부영 시간이 흘러버린 것도 있다. 매주 영화관을 찾지 않으면 안 될 것 같았는데, 너무나 무덤덤하게 시간이 흘러가는 것도 꽤 충격이었다.

이렇게 1년 정도 영화관을 찾지 못했다. 아니 찾지 않았다고 할 수도 있다. 새로이 개봉하는 영화도 아예 없었으니까. 운영을 위해 재개봉이라도 하면서 영화관은 악전고투하고 있었지만 팬데믹 시기에 극장에서 보다가 혹시라도 미칠 여파를 생각하면 영화관을 찾을 용기가 나지 않았다. 그리고 2021년이 되었다. 그나마 다행이라면 인간도 유행성 질병의 공격에 가만있지는 않았다는 점이다. 백신이 나왔고 감염자 수가 줄어들자 희망이 생겼다. 영화계에서도 미루어두었던 영화 개봉을 슬슬 준비했고 나 역시 영화관을 찾을 수 있다는 희망이 솟았다.

2021년 여름부터 슬슬 영화관을 찾았다. 앞에서도 언급했지만 엔니오 모리코네 타계 추모를 위한 엔니오 모리코네 특별 상영 행사 때 본 〈시네마 천국〉도 보았고 마블 영화 중 코로나시대에 처음 개봉한 〈블랙 위도우〉도 보았다. 해외의 경우 먼저 코로나19와 더불어 사는 생활로 돌아가 있었기 때문에 해외 극장가에서는 신작이 걸리는 속도가 빨라졌다. 가을부터는 오랫동안 기다려온 영화가 개봉되기 시작했다. 〈007 노 타임 투 다이〉, 마블의 〈샹치와 텐 링즈의 전설〉과 〈이터널스〉, 〈분노의 질

주 : 더 얼티메이트〉 등 개봉을 미루었던 영화가 하나둘씩 관객을 맞이했다.

그러나 새로운 변이인 오미크론이 겨울 초입부터 확산되더니 2022년 초반 확진자가 최고조에 달했다. 어쨌든 그즈음 미국에서 개봉된 마블의 〈스파이더맨 : 노 웨이 홈〉은 미국 내 역대 영화 흥행 3위에 오르는 기록을 세웠고 국내에서도 위험한 상황에서 750만 명이 넘을 정도로 흥행에 성공했다. 확진자 수가 계속 갱신되는 동시에 단계적으로 일상을 회복하는 '위드 코로나'로 전환되었고 드디어 거리두기 제한이 풀렸다. 다행이다. 봄바람이 이렇게 향기로웠던가.

지난 2년 동안 많은 것이 변했다. 영화 세계도 마찬가지다. '위드 코로나' 시대가 되었다고 하지만 코로나 이전으로 똑같이 돌아갈 수 있을지는 잘 모르겠다. 어쨌든 그나마 영화관에서 이제 좀더 자유롭게 영화를 볼 수 있게 된 점은 너무나 반갑다(물론 건강을 더욱 신경써야 하겠지만). 그리고 다양한 OTT에서 공개하는 여러 오리지널 영화나 드라마도 코로나19 시대를 지나면서 퀄리티가 많이 올라갔다는 점도 좋은 쪽으로의 변화일 터다.

코로나19 시대의 영화관 관람방식 변화를 기록해보았다(일단 다시 과거의 삶의 방식으로 돌아왔으니 기분을 좀 풀고 적어보았다).

1. 코로나19 발생 이후 방역 대책이 계속 바뀌었다. 발생 초기에는 별문제 없었지만 이후 마스크를 꼭 착용해야 하고 상영관에서 팝콘을 먹거나 음료를 마시는 것이 금지되었다.
2. 1년 뒤 백신을 맞기 시작하면서 방역패스관 제도가 시행되었다. 백신을 맞은 사람에게 약간의 자유가 생겼다. 마스크를 써야 했지만 음료수 등 취식이 가능해졌다.
3. 백신패스가 사라지고 마스크는 쓰지만 음료를 마시는 것이 가능해졌다.
4. 드디어 거리두기와 시간 제한이 사라져서 과거의 상영방식으로 돌아왔다.

시인과촌장의 노래 중 〈풍경〉에는 "세상 풍경 중에서 제일 아름다운 풍경 / 모든 것들이 제자리로 돌아가는 풍경"이라는 구절이 있다. 2년 여간의 코로나19 팬데믹으로 거리두기 등 이질적인 풍경을 계속 볼 수밖에 없었는데, 비록 코로나19가 사라지지는 않았지만 함께 살 수밖에 없는 상황에서 2년 전의 상황으로 되돌아가는 것을 보게 되니 이 구절이 생각난다. 그렇다. 모든 것이 제자리로 돌아가고 있다. 가장 아름다운 풍경이라는 생각이다. 그리고 앞으로 나의 영화생활 또한 제자리를 찾아갈 것이다. 아마 영화를 사랑하는 다른 많은 사람들도 같은 생각일 것이다.

오늘 영화관에서는 어떤 영화가 상영될까? 슬슬 움직여봐야 할 것 같다. 이렇게 나의 영화 보기는 계속된다. 쭈욱~

부록

이 책에 언급한 영화 리스트

포스가 함께하기를~
"내가 너의 아버지다!", 스타워즈 명대사

스타워즈(Star Wars) 본편 시리즈

〈스타워즈 에피소드 4: 새로운 희망(Star Wars: Episode 4-A New Hope)〉(1977)

〈스타워즈 에피소드 5: 제국의 역습(Star Wars: Episode 5-The Empire Strikes Back)〉(1980)

〈스타워즈 에피소드 6: 제다이의 귀환(Star Wars: Episode 6-Return of the Jedi)〉(1983)

〈스타워즈 에피소드 1: 보이지 않는 위험(Star Wars: Episode 1-The Phantom Menace)〉(1999)

〈스타워즈 에피소드 2: 클론의 습격(Star Wars: Episode 2-Attack of the Clones)〉(2002)

〈스타워즈 에피소드 3: 시스의 복수(Star Wars: Episode 3-Revenge of the Sith)〉(2005)

〈스타워즈 에피소드 7: 깨어난 포스(Star Wars: Episode 7-The Force Awakens)〉(2015)

〈스타워즈 에피소드 8: 라스트 제다이(Star Wars: Episode 8-The Last Jedi)〉(2017)

〈스타워즈 에피소드 9: 라이즈 오브 스카이워커(Star Wars: Episode 9-The Rise of Skywalker)〉(2019)
스핀 오프 작품들
〈스타워즈: 클론전쟁(Star Wars: The Clone Wars)〉(2008)
〈로그 원: 스타워즈 스토리(Rogue One: A Star Wars Story)〉(2016)
〈한 솔로: 스타워즈 스토리(Solo: A Star Wars Story)〉(2018)
장르: SF, 액션, 모험
감독: 조지 루카스(4, 1, 2, 3), 어빈 커쉬너(5), 리처드 말콴드(6), J.J. 애이브러험(7, 9), 라이언 존슨(8)
주연: 마크 해밀, 캐리 피셔, 해리슨 포드, 앤소니 대니얼스, 알렉 기네스, 이완 맥그리거, 헤이든 크리스텐슨, 나탈리 포트만, 이언 맥디어미드, 데이지 리들리, 존 보예가, 오스카 아이작, 애덤 드라이버

어쩌다 인디아나 존스, 고고학을 공부하다
인디아나 존스에 관한 소소한 진실

인디아나 존스(Indiana Jones) 시리즈
〈인디아나 존스와 잃어버린 성궤의 추적자(Indiana Jones and the Raiders of the Lost Ark)〉(1981)
〈인디아나 존스와 마궁의 사원(Indiana Jones and the Temple of Doom)〉(1984)
〈인디아나 존스와 최후의 성전(Indiana Jones and the Last Crusade)〉(1989)
〈인디아나 존스와 크리스탈 해골의 왕국(Indiana Jones and the Kingdom of the Crystal Skull)〉(2018)
〈인디아나 존스 운명의 다이얼(Indiana Jones and the Dial of Destiny)〉(2023)

장르: 액션, 모험
감독: 스티븐 스필버그 ('운명의 다이얼'만 제임스 맨골드)
주연: 해리슨 포드, 캐런 알렌, 존 리스 데이비스, 덴홀름 엘리어트, 케이트 캡쇼, 앨리슨 두디, 숀 코너리, 케이트 블란쳇, 샤이아 라보프, 피비 월러-브리지,

매즈 미켈슨

그 시절의 멀티플렉스 극장

〈백 투 더 퓨쳐(Back To the Future)〉(1985)
장르: 모험, 코미디, SF
감독: 로버트 저메키스
주연: 마이클 J. 폭스, 크리스토퍼 로이드, 리아 톰슨, 톰 윌슨, 크리스핀 글로버

〈피라미드의 공포(Young Sherlock Holmes)〉(1985)
장르: 모험, 판타지, 미스터리
감독: 배리 레빈슨
주연: 니콜라스 로, 앨런 콕스, 소피 워드, 앤서니 히긴스

〈마지막 황제(The Last Emperor)〉(1987)
장르: 역사, 드라마, 전기
감독: 베르나르도 베르톨루치
주연: 존 론, 조안 첸, 피터 오툴

〈남부군〉(1990)
장르: 전쟁, 드라마
감독: 정지영
주연: 안성기, 최민수, 최진실, 이혜영

〈다이 하드〉(1988)
장르: 액션, 스릴러
감독: 존 맥티어난
주연: 브루스 윌리스, 앨런 릭먼, 알렉산더 고더노브, 보니 베델리아

〈장군의 아들〉(1990)
장르: 액션

감독: 임권택
주연: 박상민, 신현준, 이일재, 김형일

〈헨리 5세(Henry V)〉(1989)
장르: 역사, 드라마, 전기
감독: 케네스 브래너
주연: 케네스 브래너, 엠마 톰슨, 데렉 자코비

〈환생(Dead Again)〉(1991)
장르: 드라마, 미스터리
감독: 케네스 브래너
주연: 케네스 브래너, 엠마 톰슨, 앤디 가르시아, 로빈 윌리엄스, 데렉 자코비

〈헛소동(Much Ado About Nothing)〉(1993)
장르: 코미디, 드라마, 로맨스
감독: 케네스 브래너
주연: 케네스 브래너, 엠마 톰슨, 키아누 리브스, 케이트 베킨세일, 덴젤 워싱턴, 로버트 숀 레너드, 마이클 키튼

〈오리엔트 특급 살인사건(Murder on the Orient Express)〉(2017)
장르: 범죄, 드라마, 미스터리
감독: 케네스 브래너
주연: 케네스 브래너, 페넬로페 크루즈, 윌렘 대포, 주디 덴치, 조니 뎁, 데릭 자코비, 미셸 파이퍼, 데이지 리들리, 톰 베이트먼

〈나일강 살인사건(Death on the Nile)〉(2022)
장르: 범죄, 드라마, 미스터리
감독: 케네스 브래너
주연: 케네스 브래너, 갤 가돗, 레티티아 라이트, 톰 베이트먼, 에마 매키, 아네트 베닝, 아미 해머

책받침 여신들을 경배하라

〈블루 라군(The Blue Lagoon)〉(1980)
장르: 모험, 드라마, 로맨스
감독: 랜달 크레이저
주연: 브룩 쉴즈, 크리스토퍼 앳킨스, 레오 멕켄

〈파라다이스(Paradise)〉(1982)
장르: 모험, 로맨스
감독: 스튜어트 길라드
주연: 피비 케이츠, 윌리 아메스, 리처드 커녹

〈그렘린(Gremlins)〉(1984)
장르: 코미디, 판타지, 호러
감독: 죠 단테
주연: 자크 걸리건, 피비 케이츠, , 호이트 악스톤, 폴리 홀리데이, 프란시스 리 멕케인, 저지 레인홀드

〈인 앤 아웃(In & Out)〉(1997)
장르: 코미디, 로맨스
감독: 프랭크 오즈
주연: 케빈 클라인, 맷 딜런, 조앤 쿠삭

〈라 붐(La Boum)〉(1980)
장르: 코미디, 드라마, 로맨스
감독: 클로드 피노토
주연: 소피 마르소, 클로드 브라소, 브리지트 포시, 데니즈 그레이, 셰일라 오코너, 알렉산드르 스털링

〈라 붐 2(La Boum 2)〉(1982)
장르: 코미디, 드라마, 로맨스

감독: 클로드 피노토
주연: 소피 마르소, 클로드 브라소, 브리지트 포시, 데니즈 그레이, 셰일라 오코너, 피에르 코소

〈유 콜 잇 러브(L'étudiante)〉(1988)
장르: 코미디, 로맨스
감독: 클로드 피노토
주연: 소피 마르소, 뱅상 랭동, 엘리자베스 비탈리, 장 클로드 레귀이

〈귀여운 반항아(L'effrontée)〉(1985)
장르: 코미디, 드라마, 음악
감독: 클로드 밀러
주연: 샤를로트 갱스브루, 쥴리 글렌, 장 클로드 브리알리, 베르나데트 라퐁

명절과 성룡의 상관관계

〈그레이트 마징가(Great Mazinger)〉(1974~1975)
장르: 애니메이션, 액션, SF
감독: 나가이 고

〈구니스(The Goonies)〉(1985)
장르: 모험, 코미디, 가족
감독: 리처드 도너
주연: 숀 애스틴, 조슈 브롤린, 코리 펠드만, 케리 그린, 마샤 플림튼, 키 후이 콴

〈오복성(Winners & Sinners)〉(1983)
장르: 액션, 코미디
감독: 홍금보
주연: 성룡, 홍금보, 종초홍, 오요한, 풍극안, 진상림, 우마, 잠건훈

〈칠복성(Seven Lucky Stars)〉(1985)
장르: 액션, 코미디
감독: 홍금보
주연: 홍금보, 오요한, 증지위, 진상림, 성룡, 원표, 유덕화, 관지림

〈쾌찬차(Wheels On Meals)〉(1984)
장르: 액션, 코미디
감독: 홍금보
주연: 성룡, 홍금보, 원표, 로라 포너, 케이스 비탈리, 허브 에델만, 오요한

〈프로젝트 A(Project A)〉(1983)
장르: 액션, 코미디
감독: 성룡
주연: 성룡, 원표, 홍금보, 적위, 우마, 동표, 임위, 임국빈, 전가락

〈용형호제(Armour Of God)〉(1986)
장르: 액션, 코미디
감독: 성룡
주연: 성룡, 앨런 탐, 로라 포너, 관지림, 존 라댈스키

〈용형호제 2-비룡계획(Armour Of God II: Operation Condor)〉(1990)
장르: 액션, 코미디
감독: 성룡, 진훈기
주연: 성룡, 정유령, 이케다 쇼코, 에바 코보

영화 음악 음반 수집기記

〈사운드 오브 뮤직(The Sound Of Music)〉(1965)
장르: 뮤지컬, 전기, 드라마, 가족
감독: 로버트 와이즈
주연: 줄리 앤드류스, 크리스토퍼 플러머, 엘레노 파커, 페기 우드, 벤 라이트, 다

니엘 트러히티, 리처드 헤이든

〈메리 포핀스(Mary Poppins)〉(1964)
장르: 뮤지컬, 코미디, 가족, 판타지
감독: 로버트 스티븐슨
주연: 줄리 앤드류스, 딕 반 다이크, 데이비드 톰린드, 글리니스 존스, 헤르미온 베들리, 레타 쇼

〈슈퍼맨(Superman)〉(1978)
장르: SF, 액션, 모험
감독: 리처드 도너
주연: 크리스토퍼 리브, 말론 브란도, 진 해크먼, 마곳 키더, 네드 비티, 재키 쿠퍼, 테렌스 스탬프

〈E.T.(The Extra-Terrestrial)〉(1982)
장르: SF, 모험, 가족
감독: 스티븐 스필버그
주연: 헨리 토머스, 드류 배리모어, 피터 코요테, 디 월리스, 로버트 맥노튼

〈리틀 로맨스(A Little Romance)〉(1979)
장르: 모험, 코미디, 로맨스
감독: 조지 로이 힐
주연: 로렌스 올리비에, 다이안 레인, 텔로니우스 버나드, 아더 힐

〈제너두(Xanadu)〉(1980)
장르: 뮤지컬, 판타지, 로맨스
감독: 로버트 그린왈드
주연: 올리비아 뉴턴-존, 진 켈리, 마이클 벡, 제임스 슬로이언, 디미트라 알리스

〈냉정과 열정 사이(Between Calm And Passion)〉(2001)
장르: 로맨스

감독: 나카에 이사무
주연: 다케노우치 유타카, 진혜림, 유스케 산, 시노하라 료코

〈라라랜드(La La Land)〉(2016)
장르: 뮤지컬, 드라마, 코미디
감독: 데이미언 셔젤
주연: 라이언 고슬링, 엠마 스톤, 존 레전드, 로즈마리 드윗, JK. 시몬스

〈프리실라(The Adventures of Priscilla, Queen of the Desert)〉(1994)
장르: 코미디, 음악
감독: 스테판 엘리엇
주연: 테렌스 스탬프, 휴고 위빙, 가이 피어스, 빌 헌터

〈크레이머 대 크레이머(Kramer Vs. Kramer)〉(1979)
장르: 드라마
감독: 로버트 벤튼
주연: 더스틴 호프먼, 메릴 스트립, 제인 알렉산더, 저스틴 헨리

〈숏버스(Shortbus)〉(2006)
장르: 코미디, 드라마, 로맨스
감독: 존 카메론 미첼
주연: 이숙인, 폴 도슨, 린지 비미시, PJ 드보이, 요론다 로스, 피터 스틱클스

〈블레이드 러너(Blade Runner)〉(1982)
장르: SF, 액션, 드라마
감독: 리들리 스콧
주연: 해리슨 포드, 룻거 하우어, 숀 영, 에드워드 제임스 올모스, 대릴 한나

홍콩 영화의 '화양연화'

〈영웅본색(A Better Tomorrow)〉(1986)

장르: 액션, 범죄
감독: 오우삼
주연: 적룡, 주윤발, 장국영, 주보의, 이자웅

〈영웅본색 2(A Better Tomorrow 2)〉(1986)
장르: 액션, 범죄
감독: 오우삼
주연: 적룡, 주윤발, 장국영, 석천, 관산, 주보의

〈중경삼림(Chungking Express)〉(1994)
장르: 드라마
감독: 왕가위
주연: 임청하, 금성무, 양조위, 왕비, 주가령

〈청춘〉(2000)
장르: 드라마
감독: 곽지균
주연: 김래원, 김정현, 진희경, 배두나, 윤지혜, 김주령

〈열혈남아(As Tears Go By)〉(1988)
장르: 드라마, 범죄, 로맨스
감독: 왕가위
주연: 유덕화, 장만옥, 장학우

〈아비정전(Days Of Being Wild)〉(1990)
장르: 드라마, 로맨스
감독: 왕가위
주연: 장국영, 장만옥, 유덕화, 장학우, 양조위, 유가령

〈동사서독(Ashes of Time)〉(1990)
장르: 드라마, 판타지, 로맨스

감독: 왕가위
주연: 장국영, 양조위, 임청하, 장만옥, 양가휘, 장학우, 유가령, 양채니

〈타락천사(Fallen Angels)〉(1995)
장르: 드라마, 판타지, 로맨스
감독: 왕가위
주연: 여명, 금성무, 양채니, 이가흔, 막문위, 진휘홍

〈춘광사설(Happy Together)〉(1997)
장르: 드라마, 로맨스
감독: 왕가위
주연: 장국영, 양조위, 장첸, 관숙의

〈화양연화(In The Mood For Love)〉(2000)
장르: 드라마, 로맨스
감독: 왕가위
주연: 장만옥, 양조위, 뇌진, 손가군

〈첨밀밀(Comrades: Almost A Love Story)〉(1996)
장르: 드라마, 로맨스
감독: 진가신
주연: 여명, 장만옥, 증지위, 크리스토퍼 도일, 아이린 수, 양공여

〈무간도(Infernal Affairs)〉(2002)
장르: 드라마, 범죄
감독: 맥조휘, 유위강
주연: 양조위, 유덕화, 황추생, 증지위, 소아헌, 진관희, 여문락

〈무간도 2-혼돈의 시대(Infernal Affairs 2)〉(2003)
장르: 드라마, 범죄
감독: 맥조휘, 유위강

주연: 황추생, 증지위, 유가령, 진관희, 여문락, 오진우

〈무간도 3-종극무간((Infernal Affairs 3)〉(2003)
장르: 드라마, 범죄
감독: 맥조휘, 유위강
주연: 유덕화, 양조위, 여명, 진도명, 황추생, 증지위, 진혜림, 진관희, 여문락, 두문택

〈디파티드(Departed)〉(2006)
장르: 드라마, 범죄
감독: 마틴 스콜세지
주연: 레오나르도 디카프리오, 맷 데이먼, 잭 니콜슨, 마크 월버그, 마틴 쉰, 레이 위스턴

사람과 사람 사이의 거리를 찾아가는 과정

〈신세기 에반게리온(Neon Genesis Evangelion)〉(1995~1996)
장르: 애니메이션, 액션, SF
감독: 안노 히데아키

〈신 에반게리온 극장판: 엔드 오브 에반게리온(End of Evangelion)〉(1997)
장르: 애니메이션, 액션, SF
감독: 안노 히데아키

〈신 에반게리온 극장판: 서(Neon Genesis Evangelion: Rebuild Of Evangelion 01)〉(2007)
장르: 애니메이션, 액션, SF
감독: 안노 히데아키

〈신 에반게리온 극장판: 파(Evangelion: 2.0 You Can [Not] Advance)〉(2009)

장르: 애니메이션, 액션, SF
감독: 안노 히데아키

〈신 에반게리온 극장판: Q(Neon Genesis Evangelion: Q)〉(2012)
장르: 애니메이션, 액션, SF
감독: 안노 히데아키

〈신 에반게리온 극장판(Evangelion: 3.0+1.0 Thrice Upon a Time)〉
장르: 애니메이션, 액션, SF
감독: 안노 히데아키

완전히 새로운 세계, 디즈니 애니메이션의 부활

〈알라딘(Aladdin)〉(1992)
장르: 애니메이션, 모험, 판타지, 코미디, 뮤지컬
감독: 론 클레멘츠, 존 머스커

〈인어공주(The Little Mermaid)〉(1989)
장르: 애니메이션, 모험, 판타지, 코미디, 뮤지컬
감독: 론 클레멘츠, 존 머스커

〈미녀와 야수(Beauty and the Beast)〉(1991)
장르: 애니메이션, 모험, 판타지, 가족 , 뮤지컬
감독: 게리 트라우스데일, 커크 와이즈

〈라이언 킹(The Lion King)〉(1994)
장르: 애니메이션, 모험, 드라마, 뮤지컬
감독: 로저 앨러스, 롭 민코프

〈백설공주(Snow White and the Seven Dwarfs)〉(1937)
장르: 애니메이션, 모험, 가족

감독: 윌리엄 코트렐, 데이비드 핸드, 윌프레드 잭슨

〈신데렐라(Cinderella)〉(1950)
장르: 애니메이션, 판타지, 가족
감독: 클라이드 제로니미, 윌프레드 잭슨, 해밀턴 러스크

〈피터팬(Peter Pan)〉(1953)
장르: 애니메이션, 모험, 판타지, 가족
감독: 클라이드 제로니미, 윌프레드 잭슨, 해밀턴 러스크

〈잠자는 숲 속의 미녀(Sleeping Beauty)〉(1959)
장르: 애니메이션, 모험, 가족
감독: 클라이드 제로니미, 레스 클락, 에릭 라슨

〈토이스토리(Toy Story)〉(1995)
장르: 애니메이션, 모험, 코미디
감독: 존 래스터, 피트 닥터, 앤드류 스탠튼

〈슈렉(Shrek)〉(2001)
장르: 애니메이션, 모험, 코미디
감독: 앤드류 아담슨, 비키 젠슨

〈신데렐라(Cinderella)〉(2015)
장르: 모험, 드라마, 가족
감독: 케네스 브래너
주연: 릴리 제임스, 케이트 블랑 , 리처드 매든

〈미녀와 야수Beauty and the Beast)〉(2017)
장르: 모험, 가족, 판타지
감독: 빌 콘돈
주연: 엠마 왓슨, 댄 스티븐스, 루크 에반스, 조시 게드

〈라이언 킹(The Lion King)〉(2019)
장르: 애니메이션, 모험, 드라마
감독: 존 파브르

〈정글북(The Jungle Book)〉(2016)
장르: 모험, 드라마, 가족, 애니메이션
감독: 존 파브르
주연: 닐 세티

〈알라딘(Aladdin)〉(2019)
장르: 모험, 코미디, 가족
감독: 가이 리치
주연: 윌 스미스, 메나 마수드, 나오미 스콧, 나심 페드라드, 네이비드 네가반, 마르완 켄자리

〈인어공주(The Little Mermaid)〉(2023)
장르: 판타지, 뮤지컬, 로맨스, 가족
감독: 롭 마샬
주연: 핼리 베일리, 멜리사 맥카시, 하비에르 바르뎀, 조나 하워킹, 다비드 디그스

유토피아와 디스토피아, 폭력과 재난의 시대

〈12 몽키즈(Twelve Monkeys)〉(1995)
장르: 미스터리, SF, 스릴러
감독: 테리 킬리엄
주연: 브루스 윌리스, 매들린 스토우, 브래드 피트

〈나는 전설이다(I Am Legend)〉(2007)
장르: 액션, 드라마, SF
감독: 프랜시스 로렌스
주연: 윌 스미스, 앨리스 브라가, 찰리 타핸, 샐리 리차드슨

〈컨테이전(Contagion)〉(2011)
장르: 드라마, 스릴러
감독: 스티븐 소더버그
주연: 맨 데이먼, 케이트 윈슬릿, 주드 로, 마리옹 코티아르, 로렌스 피시번, 기네스 팰트로

〈월드 워 Z(World War Z)〉(2013)
장르: 액션, 모험, 호러
감독: 마크 포스터
주연: 브래드 피트, 미레유 에노스, 다니엘라 케르테스, 제임스 뱃지 데일, 루디 보우큰

〈단테스 피크(Dante's Pick)〉(1997)
장르: 액션, 모험, 스릴러
감독: 로저 도널드슨
주연: 피어스 브로스넌, 린다 해밀턴, 그랜트 헤스로브, 찰스 할러한, 엘리자베스 호프먼

〈볼케이노(Volcano)〉(1997)
장르: 액션, 드라마, SF
감독: 믹 잭슨
주연: 토미 리 존스, 앤 헤이시, 가비 호프만, 돈 치들, 재클린 김, 키스 데이빗, 존 코베트

〈아마겟돈(Amageddon)〉(1998)
장르: 액션, 모험, SF
감독: 마이클 베이
주연: 브루스 윌리스, 빌리 밥 손튼, 벤 에플렉, 리브 타일러, 윌 패튼

〈딥 임팩트(Deep Impact)〉(1998)
장르: 액션, 드라마, SF

감독: 미미 레더
주연: 로버트 듀발, 티아 레오니, 일라이저 우드, 바네사 레드그레이브, 맥시밀리안 쉘, 제임스 크롬웰

〈돈 룩 업(Don't look Up)〉(2021)
장르: 코미디, 드라마, SF
감독: 아담 맥케이
주연: 레오나르도 디카프리오, 제니퍼 로렌스, 롭 모건, 조나 힐, 마크 라이런스, 타일러 페리

〈문폴(Moonfall)〉(2022)
장르: 액션, 모험, SF
감독: 롤랜드 에머리히
주연: 할리 베리, 패트릭 윌슨, 존 브래들리, 마이클 페나, 도날드 서덜랜드

〈인디펜던스 데이(Independence Day)〉(1996)
장르: 액션, 모험, SF
감독: 롤랜드 에머리히
주연: 윌 스미스, 빌 풀먼, 제프 골드브럼, 매리 맥도넬, 주드 허쉬, 마가렛 콜린

〈투모로우(The Day After Tomorrow)〉(2004)
장르: 액션, 모험, SF
감독: 롤랜드 에머리히
주연: 데니스 퀘이드, 제이크 질렌할, 이안 홈, 에미 로섬, 셀라 워드, 대쉬 미혹

〈2012(2012)〉(2009)
장르: 액션, 모험, SF
감독: 롤랜드 에머리히
주연: 존 쿠삭, 아마다 피트, 치웨텔 에지오포, 탠디 뉴튼, 올리버 플랫, 토머스 맥카시

〈화이트 하우스 다운(White House Down)〉(2013)
장르: 액션, 드라마, 스릴러
감독: 롤랜드 에머리히
주연: 채닝 테이텀, 제이미 폭스, 매기 질렌할, 제임스 우즈, 리차드 젠킨슨

〈백악관 최후의 날(Olympus Has Fallen)〉(2013)
장르: 액션, 스릴러
감독: 안톤 후쿠아
주연: 제라드 버틀러, 아론 에크하트, 모건 프리먼, 릭 윤, 멜리사 레오

〈런던 해즈 폴른(London Has Fallen)〉(2016)
장르: 액션, 스릴러
감독: 바박 나자피
주연: 제라드 버틀러, 아론 에크하트, 모건 프리먼, 안젤라 바셋, 라다 미첼

〈엔젤 해즈 폴른(Angel Has Fallen)〉(2019)
장르: 액션, 스릴러
감독: 릭 로만 워
주연: 제라드 버틀러, 모건 프리먼, 닉 놀테, 대니 휴스톤, 제이다 핀켓 스미스, 랜스 레드딕

〈매트릭스(The Matrix)〉(1999)
장르: 액션, SF
감독: 릴리 워쇼스키, 라나 워쇼스키
주연: 키아누 리브스, 로렌스 피시번, 캐리 앤 모스, 휴고 위빙, 글로리아 포스터

〈미래소년 코난(Future Boy Conan)〉(1978)
장르: 모험, SF, 드라마, 코미디
감독: 미야자키 하야오

〈1984(1984)〉(1984)

장르: 드라마, SF
감독: 마이클 래드포드
주연: 존 허트, 리처드 버튼, 수잔나 해밀턴, 시릴 쿠삭

〈브라질(Brazil)〉(1985)
장르: 드라마, SF
감독: 테리 길리엄
주연: 조너선 프라이스, 킴 그리스트, 이안 홈, 로버트 드 니로, 밥 호스킨스, 마이클 폴린

〈살아있는 시체들의 밤(Night Of The Living Dead)〉(1968)
장르: 호러, 스릴러
감독: 조지 A. 로메로
주연: 마릴린 이스트먼, 듀에인 존스, 주디스 오디, 칼 하드만, 케이트 웨인

〈오메가 맨(The Omega Man)〉(1971)
장르: 액션, 드라마, SF
감독: 보리스 세걸
주연: 찰톤 헤스톤, 안소니 저브, 로자린드 캐쉬, 존 윌리엄 코링톤, 조이스 후퍼 크링톤

〈잃어버린 지평선(Lost Horizon)〉(1937)
장르: 모험, 드라마, 판타지
감독: 프랭크 카프라
주연: 로널드 콜먼, 제인 와이어트, 존 하워드, 미아고 토머스 미첼, 에드워드 에버렛 홀튼

영화와 여행, 그 편린들

〈록키(Rocky)〉(1976)
장르: 드라마, 스포츠

감독: 존 G. 아빌드센
주연: 실베스터 스탤론, 탈리아 샤이어, 버트 영, 칼 웨더스, 버제스 메러디스

〈위트니스(Witness)〉(1985)
장르: 드라마, 로맨스, 스릴러
감독: 피터 위어
주연: 해리슨 포드, 켈리 맥길리스, 조세프 소머, 루카스 하스, 대니 글로버, 잔 루베스, 알렉산더 고더노브

〈필라델피아(Philadelphia)〉(1993)
장르: 드라마
감독: 조너선 드미
주연: 톰 행크스, 덴젤 워싱턴, 제이슨 로바즈, 메리 스틴버겐, 안토니오 반데라스

〈공공의 적(Public Enemy)〉(2002)
장르: 액션, 코미디, 범죄
감독: 강우석
주연: 설경구, 이성재, 강신일, 김정학, 도용구, 안내상

〈해리가 샐리를 만났을 때(When Harry met Sally)〉(1989)
장르: 코미디, 드라마, 로맨스
감독: 로브 라이너
주연: 빌리 크리스탈, 멕 라이언, 캐리 피셔, 브루노 커비

〈시애틀의 잠 못 이루는 밤(Sleepless in Seattle)〉(1993)
장르: 코미디, 드라마, 로맨스
감독: 노라 에프론
주연: 톰 행크스, 멕 라이언, 빌 풀만, 로스 맬링거, 로지 오도넬

〈프렌치 키스(French Kiss)〉(1995)
장르: 코미디, 드라마, 로맨스

감독: 로렌스 캐스단
주연: 멕 라이언, 케빈 클라인, 티모시 허튼, 장 르노, 프랑수아 클루제

〈유브 갓 메일(You've Got Mail)〉(1998)
장르: 코미디, 드라마, 로맨스
감독: 노라 에프론
주연: 톰 행크스, 멕 라이언, 파커 포시, 장 스태플튼, 데이브 채펠, 스티브 잔

〈케이트 앤 레오폴드(Kate & Leopold)〉(2001)
장르: 코미디, 판타지, 로맨스
감독: 제임스 맨골드
주연: 멕 라이언, 휴 잭맨, 리브 슈라이버, 브레킨 메이어, 나타샤 리온, 브래드리 휘트포드

〈어느 날 밤에 생긴 일(It Happened One Night)〉(1934)
장르: 코미디, 로맨스
감독: 프랭크 카프라
주연: 클라크 게이블, 클로데트 콜베르, 월터 코놀리, 로스코 칸스, 제임스 토머스

〈반지의 제왕: 반지 원정대(The Lord of Rings: The Fellowship of Ring)〉(2001)
장르: 액션, 모험, 드라마, 판타지
감독: 피터 잭슨
주연: 일라이저 우드, 이안 맥켈런, 리브 타일러, 비고 모텐슨, 숀 애스틴, 케이트 블란쳇, 존 라이스 데이비스, 빌리 보이드, 도미닉 모나한

〈나니아 연대기: 사자, 마녀 그리고 옷장(The Chronicles of Narnia: The Lion, the Witch and the Wardrobe)〉(2005)
장르: 모험, 가족, 판타지
감독: 앤드류 아담슨
주연: 조지 헨리, 윌리암 모즐리, 스캔다 케인즈, 안나 팝플웰, 틸다 스윈튼, 리암

니슨, 소피 윈클만, 제임스 맥어보이, 키런 샤

〈해리포터와 마법사의 돌(Harry Potter And The Sorcerer's Stone)〉(2001)
장르: 액션, 가족, 판타지
감독: 크리스 콜럼버스
주연: 다니엘 래드클리프, 루퍼트 그린트, 엠마 왓슨, 로비 콜트레인, 리처드 해리스, 앨런 릭먼, 이안 하트, 톰 펠튼, 매튜 루이스

〈어벤져스: 인피니티 워(Avengers: Infinity War)〉(2018)
장르: 액션, 모험, SF
감독: 안소니 루소, 조 루소
주연: 로버트 다우니 주니어, 조슈 브롤린, 크리스 헴스워스, 베네딕트 컴버배치, 크리스 프랫, 마크 러팔로, 톰 홀랜드, 채드윅 보스만

세계 영화관 '순례' 몇 군데

〈언더월드-라이칸의 반란(Underworld: Rise Of The Lycans)〉(2009)
장르: 액션, 판타지, 스릴러
감독: 패트릭 타투포우로스
주연: 마이클 쉰, 빌 나이, 로나 미트라, 스티븐 맥킨토시, 케빈 그레비스

〈프라이드 & 글로리(Pride And Glory)〉(2008)
장르: 크라임, 드라마, 스릴러
감독: 게빈 오코너
주연: 콜린 파렐, 에드워드 노튼, 존 보이트, 노아 엠머리히, 제니퍼 엘

'잉글리시 페이션트'가 꿈꾸었던 사막

〈잉글리시 페이션트(The English Patient)〉(1996)
장르: 드라마, 로맨스, 전쟁

감독: 안소니 밍겔라
주연: 랄프 파인즈, 줄리엣 비노쉬, 윌렘 대포, 크리스틴 스콧 토마스, 콜린 퍼스, 나빈 앤드류스

〈카사블랑카(Casablanca)〉(1942)
장르: 드라마, 로맨스, 전쟁
감독: 마이클 커티즈
주연: 험프리 보가트, 잉그리드 버그만, 폴 헌레이드, 클로드 레인스

'브라이언 메이' 길에서 마주치기

〈보헤미안 랩소디(Bothemian Rhapsody)〉(2018)
장르: 전기, 드라마, 음악
감독: 브라이언 싱어
주연: 라미 말렉, 루시 보인턴, 귈림 리, 벤 하디, 조셉 마젤로, 에이단 길렌, 엘렌 리치, 톰 홀랜더, 마이크 마이어스

〈퀸 록 몬트리올(Queen Rock Montreal)〉(2007)
장르: 음악
감독: 사울 스위머
주연: 프레디 머큐리, 브라이언 메이, 존 디콘, 로저 테일러

〈우리 생애 나날들(Queen: Days of Our Lives)〉(2011)
장르: 음악, 다큐멘터리
감독: 매트 오케이시
주연: 브라이언 메이, 로저 테일러, 프레디 머큐리, 존 디콘, 크리스 스미스, 짐 비치

〈터미널(The Terminal)〉(2004)
장르: 코미디, 드라마, 로맨스
감독: 스티븐 스필버그
주연: 톰 행크스, 캐서린 제타-존스, 스탠리 투치, 치 맥브라이드, 디에고 루나,

배리 샤바가 헨리, 쿠마 팰라나, 조 샐다나

홈리스, 하우스리스… 우리에게 집이란

〈노매드랜드(Nomadland)〉(2020)
장르: 드라마
감독: 클로이 자오
주연: 프란시스 맥도맨드, 데이빗 스트라탄, 린다 메이, 밥 웰스, 샬린 스완키

시네마 천국에 울려퍼진 천상의 음악

〈모던 타임즈(Modern Times)〉(1936)
장르: 코미디, 드라마, 로맨스
감독: 찰리 채플린
주연: 찰리 채플린, 파울레트 고다드, 헨리 버그맨, 타이니 샌포드, 체스터 콘클린

〈시네마 천국(Nuovo Cinema Paradiso)〉(1988)
장르: 드라마, 로맨스
감독: 쥬세페 토르나토레
주연: 마르코 레오나르디, 필립 느와레, 자크 페렝, 살바토레 카스치오, 브리지트 포시

〈원스 어폰 어 타임 인 아메리카(Once Upon A Time in America)〉(1984)
장르: 범죄, 드라마
감독: 세르지오 레오네
주연: 로버트 드 니로, 제임스 우즈, 제니퍼 코넬리, 엘리자베스 맥거번, 조 페시, 버트 영, 튜즈데이 웰드

〈황야의 무법자(A Fistful Of Dollars)〉(1964)
장르: 액션, 드라마, 웨스턴

감독: 세르지오 레오네
주연: 클린트 이스트우드, 마리안느 코흐, 지안 마리아 볼론테, 울프강 럭치, 사이어트 럽

〈석양의 건맨(For A few Dollars More)〉(1965)
장르: 액션, 드라마, 웨스턴
감독: 세르지오 레오네
주연: 클린트 이스트우드, 리 밴 클리프, 지안 마리아 볼론테, 마라 크럼, 루이지 피스틸리, 클라우스 킨스키, 조셉 에거

〈석양의 무법자(The Good, The Bad and The Ugly)〉(1966)
장르: 모험, 웨스턴
감독: 세르지오 레오네
주연: 클린트 이스트우드, 리 밴 클리프, 알도 지우프리, 엘라 웰라치

〈언터쳐블스(The Untouchables)〉(1987)
장르: 범죄, 드라마, 스릴러
감독: 브라이언 드 팔마
주연: 케빈 코스트너, 숀 코너리, 로버트 드 니로, 찰스 마틴 스미스, 앤디 가르시아

〈분노의 주먹(성난 황소)(Raging Bull)〉(1980)
장르: 전기, 드라마, 스포츠
감독: 마틴 스코세이지
주연: 로버트 드 니로, 조 페시, 캐시 모리어티

〈미션(The Mission)〉(1986)
장르: 모험, 드라마, 역사
감독: 로랑 조페
주연: 로버트 드 니로, 제레미 아이언스, 레이 맥아널리, 에이단 퀸, 체리 런기

〈러브 어페어(Love Affair)〉(1994)
장르: 코미디, 드라마, 로맨스
감독: 글렌 고든 카슨
주연: 워렌 비티, 아네트 베닝, 캐서린 헵번

세상을 뒤덮은 코믹스

〈신과 함께: 죄와 벌(Along With the Gods: The Two Worlds)〉(2017)
장르: 판타지, 드라마
감독: 김용화
주연: 하정우, 차태현, 주지훈, 김향기, 김동욱, 마동석

〈빅뱅이론(The Big Bang Theory)〉(2007~2019)
장르: 코미디, 로맨스
감독: 척 로리, 빌 프래디
주연: 조니 갈렉키, 짐 파슨스, 칼리 쿠오코, 쿠널 나이어, 마임 비아릭, 멜리사 로치, 사이먼 헬버그

〈대부(The godfather)〉(1972)
장르: 범죄, 드라마
감독: 프란시스 포드 코폴라
주연: 말론 브란도, 알 파치노, 제임스 칸, 리차드 S. 카텔라노, 로버트 듀발, 스테 링 하이든, 리처드 콘트, 알 레티어리

〈비버리힐스 캅(Beverly Hills Cop)〉(1984)
장르: 액션, 코미디, 범죄
감독: 마틴 브레스트
주연: 에디 머피, 리사 엘리바처, 스티븐 버코프, 저지 레인홀드, 로니 콕스

〈고스트버스터즈(Ghostbusters)〉(1984)
장르: 액션, 판타지, 코미디

감독: 이반 라이트만

주연: 빌 머레이, 댄 애크로이드, 시고니 위버, 해롤드 래미스, 어니 허드슨, 릭 모라니스, 애니 파츠

〈배트맨(Batman)〉(1989)

장르: 액션, 모험

감독: 팀 버튼

주연: 마이클 키튼, 잭 니콜슨, 킴 베이싱어, 빌리 디 윌리엄스, 잭 팰런스

〈다크 나이트(The Dark Knight)〉(2008)

장르: 액션, 범죄, 드라마

감독: 크리스토퍼 놀란

주연: 크리스찬 베일, 히스 레저, 아론 에크하트, 마이클 케인, 매기 질렌할, 게리 올드만

〈아이언 맨(Iron Man)〉(2008)

장르: 액션, 모험, SF

감독: 존 파브로

주연: 로버트 다우니 주니어, 테렌스 하워드, 제프 브리지스, 기네스 팰트로, 레슬리 빕

〈타이타닉(Titanic)〉(1997)

장르: 드라마, 로맨스

감독: 제임스 카메론

주연: 레오나르도 디카프리오, 케이트 윈슬렛, 빌리 제인, 캐시 베이츠, 프란시스 피셔

〈더 배트맨(The Batman)〉(2022)

장르: 액션, 범죄, 드라마

감독: 맷 리브스

주연: 로버트 패틴슨, 폴 다노, 조 크라비츠, 앤디 서키스, 제프리 라이트, 콜린 파렐

〈스파이더맨: 노웨이 홈(Spider-Man: No Way Home)〉(2021)
장르: 액션, 모험, 판타지
감독: 존 왓츠
주연: 톰 홀랜드, 젠데이아 콜먼, 베네딕트 컴버배치, 존 파브로, 제이콥 배덜런, 마리사 토메이

세번째는 아니 만났어야 했나? 아니, 계속 만날래요

〈007 살인번호(Dr. No)〉(1962)
장르: 액션, 모험, 스릴러
감독: 테렌스 영
주연: 숀 코너리, 우슬라 안드레스, 조셉 와이즈먼, 잭 로드, 버나드 리, 안소니 도슨

〈미션 임파서블(Mission: Impossible)〉(1996)
장르: 액션, 모험, 스릴러
감독: 브라이언 드 팔마
주연: 톰 크루즈, 존 보이트, 엠마뉴엘 베아르, 헨리 제니, 장 르노, 빙 라메스

〈A특공대(The A-Team)〉(2010)
장르: 액션, 모험, 스릴러
감독: 조 카나한
주연: 리암 니슨, 브래들리 쿠퍼, 퀸튼 잭슨, 샬토 코플리, 제시카 비엘, 패트릭 윌슨

〈도망자(The Fugitive)〉(1993)
장르: 액션, 범죄, 드라마
감독: 앤드류 데이비스
주연: 해리슨 포드, 토미 리 존스, 셀라 워드, 줄리안 무어, 조 판토리아노, 안드레스 카출라스

〈붉은 10월(The Hunt for Red October)〉(1990)
장르: 액션, 모험, 스릴러

감독: 제임스 맥티어난

주연: 숀 코너리, 알렉 볼드윈, 조스 아클랜드, 팀 커리, 피터 퍼스, 스콧 글렌

〈패트리어트 게임(Patriot Games)〉(1992)

장르: 액션, 스릴러

감독: 필립 노이스

주연: 해리슨 포드, 앤 아처, 패트릭 베긴, 숀 빈, 도라 버치, 제임스 폭스, 사뮤엘 L. 잭슨, 제임스 얼 존스

〈긴급 명령(Clear and Present Danger)〉(1994)

장르: 액션, 범죄, 드라마

감독: 필립 노이스

주연: 해리슨 포드, 윌렘 데포, 앤 아처, 조아킴 드 알메이다, 헨리 제니, 해리스 유린, 제임스 얼 존스

〈잭 라이언: 코드네임 쉐도우(Jack Ryan: Shado Recruit)〉(2014)

장르: 액션, 드라마, 스릴러

감독: 케네스 브래너

주연: 크리스 파인, 케빈 코스트너, 키이라 나이틀리, 케네스 브래너, 렌 쿠드랴비츠키

〈블레이드 러너(Blade Runner)〉(1982)

장르: 액션, 드라마, SF

감독: 리들리 스콧

주연: 해리슨 포드, 룻거 하우어, 숀 영, 대릴 한나

〈블레이드 러너 2049(Blade Runner 2049)〉(2017)

장르: 액션, 드라마, 미스터리

감독: 드니 빌뇌브

주연: 라이언 고슬링, 해리슨 포드, 아나 디 아르마스, 실비아 헥스, 자레드 레토, 데이브 바티스타

〈터미네이터(The Terminator)〉(1984)
장르: 액션, SF
감독: 제임스 카메론
주연: 아놀드 슈왈제네거, 마이클 빈, 린다 해밀턴, 랜스 헨릭슨, 폴 윈필드

〈터미네이터 2: 오리지널(Theminator 2: Judgement Day)〉(1991)
장르: 액션, SF
감독: 제임스 카메론
주연: 아놀드 슈왈제네거, 린다 해밀턴, 에드워드 펄롱, 로버트 패트릭, 조 모튼, 얼 보엔

〈터미네이터: 다크 페이트(Terminator: Dark Fate)〉(2019)
장르: 액션, 모험, SF
감독: 팀 밀러
주연: 멕켄지 데이비스, 아놀드 슈왈제네거, 린다 해밀턴, 나탈리아 레이즈, 가브리엘 루나, 디에고 보네타, 톰 호퍼

〈나쁜 녀석들(Bad Boys)〉(1995)
장르: 액션, 코미디, 범죄
감독: 마이클 베이
주연: 윌 스미스, 마틴 로렌스, 티아 레오니, 체키 카료, 테레사 렌들, 마그 헬젠버거

〈나쁜 녀석들: 포에버(Bad Boys for Life)〉(2020)
장르: 액션, 코미디, 범죄
감독: 아딜 엘 아르비, 빌랄 팔라
주연: 윌 스미스, 마틴 로렌스, 조 판토리아노, 바네사 허진스, 알렉산더 루드윅

〈고스트 버스터즈 2(Ghostbusters 2)〉(1989)
장르: 액션, 코미디, 판타지
감독: 이반 라이트만
주연: 빌 머레이, 댄 애크로이드, 시고니 위버, 해롤드 래미스, 릭 모라니스, 어니

허드슨

〈고스트 버스터즈 라이즈(Ghostbusters: Afterlife)〉(2021)
장르: 모험, 코미디, 판타지
감독: 제이슨 라이트만
주연: 폴 러드, 핀 울프하드, 메케나 그레이스, 빌 머레이, 어니 허드슨, 댄 애크로이드, 시고니 위버, 애니 파츠

〈매트릭스: 리저렉션(The Matrix Resurrections)〉(2021)
장르: 액션, SF
감독: 라나 워쇼스키
주연: 키아누 리브스, 캐리 앤 모스, 제시카 헨윅, 닐 패트릭 해리스, 제이다 핀켓 스미스

〈스크림(Scream)〉(2022)
장르: 호러, 미스터리, 스릴러
감독: 맷 베티넬리-올핀, 타일러 질렛
주연: 멜리사 바레라, 제나 오르테가, 잭 퀘이드, 마리 쉘톤, 커트니 콕스, 데이빗 아퀘트, 니브 캠벨

〈스파이더맨(Spider-Man)〉(2002)
장르: 액션, 모험, SF
감독: 샘 레이미
주연: 토비 맥과이어, 윌렘 대포, 커스틴 던스트, 제임스 프랭코, 클리프 로버트슨, 로즈마리 해리스

〈어메이징 스파이더맨(The Amazing Spide-Man)〉(2012)
장르: 액션, 모험, SF
감독: 마크 웹
주연: 앤드류 가필드, 엠마 스톤, 리스 이판, 마틴 쉰, 샐리 필드, 엠베스 데이비츠

〈쥬라기 공원(Jurassic Park)〉(1993)
장르: 모험, 액션, SF
감독: 스티븐 스필버그
주연: 샘 닐, 로라 던, 제프 골드브럼, 리차드 아텐보로, 사무엘 L. 잭슨, 조셉 마젤로, B.D. 웡

〈쥬라기 월드(Jurassic World)〉(2015)
장르: 액션, 모험, SF
감독: 콜린 트레보로우
주연: 크리스 프랫, 브라이스 달라스 하워드, 빈센트 도노프리오, 이르판 칸, 제이크 존슨, B.D. 웡

〈쥬라기 월드: 도미니언(Jurassic World Dominion)〉(2022)
장르: 액션, 모험, SF
감독: 콜린 트레보로우
주연: 크리스 프랫, 브라이스 달라스 하워드, 드완다 와이즈, 로라 던, 제프 골드브럼, 샘 닐, 로라 던

에필로그- 코로나시대, 영화 보기는 계속된다. 쭈욱~

〈블랙 위도우(Black Widow)〉(2021)
장르: 액션, 모험, SF
감독: 케이트 쇼트랜드
주연: 스칼릿 조핸슨, 플로렌스 퓨, 레이첼 와이즈, 데이빗 하버, 레이 윈스턴, 윌리엄 허트

〈007 노 타임 투 다이(007 No Time To Die)〉(2021)
장르: 액션, 모험, 스릴러
감독: 캐리 후쿠나가
주연: 다니엘 크레이그, 라미 말렉, 라샤나 린치, 레아 세이두, 벤 위쇼, 아나 디아르마스, 나오미 해리스, 랄프 파인즈, 제프리 라이트

〈샹치와 텐 링즈의 전설(Shang-Chi and the Legend of the Ten Rings)〉(2021)
장르: 액션, 모험, 판타지
감독: 데스틴 크리튼
주연: 시무 리우, 양조위, 아콰피나, 양자경, 장멍, 진법랍, 원화

〈이터널스(Eternals)〉(2021)
장르: 액션, 모험, 판타지
감독: 클로이 자오
주연: 젬마 챈, 리처드 매든, 마동석, 안젤리나 졸리, 셀마 헤이엑, 킷 해링턴, 쿠말리 난지아니

〈분노의 질주: 더 얼티메이트(Fast & Furious 9 THE FAST SAGA)〉(2021)
장르: 액션, 범죄, 스릴러
감독: 저스틴 린
주연: 빈 디젤, 존 시나, 성 강, 샤를리즈 테론, 미셸 로드리게즈, 조다나 브류스터

날마다, 영화

할리우드 키드의 시네마 천국

초판 1쇄 인쇄 2023년 8월 18일
초판 1쇄 발행 2023년 8월 28일

지은이 류동현

편집 박민영 정소리
디자인 윤종윤 이주영
마케팅 김선진 배희주
저작권 박지영 형소진 최은진 서연주 오서영
브랜딩 함유지 함근아 김희숙 고보미 박민재 정승민 배진성
제작 강신은 김동욱 이순호 | 제작처 천광인쇄사

펴낸곳 (주)교유당 | 펴낸이 신정민
출판등록 2019년 5월 24일 제406-2019-000052호

주소 10881 경기도 파주시 회동길 210
전화 031.955.8891(마케팅) | 031.955.2692(편집) | 031.955.8855(팩스)
전자우편 gyoyudang@munhak.com

인스타그램 @thinkgoods | 트위터 @think_paper | 페이스북 @thinkgoods

ISBN 979-11-92968-44-5 03810

* 싱긋은 (주)교유당의 교양 브랜드입니다.